# 執着系策士の不埒な溺愛にされるがまま

ルネッタブックス

CONTENTS



Lunetta

# プロローグ　Side Ibuki

東京《とうきょう》都内に本店を構える、高級料亭。

いい意味で肩肘を張らずに過ごせる店ではあるが、外観や内装、料理に至るまで、どれを取っても一流のもてなしをしてくれる。

そんな店の個室で、日向伊吹《ひゅうがいぶき》は幼なじみの三鷹杏奈《みたかあんな》の頬に手を添え、顔を傾《かたむ》けながら近づいた。

壊れ物を扱うようなキスをして、ゆっくりと離れていく。初めて触れた唇は想像よりもずっと柔らかく、伊吹の心と身体に甘い熱を呼び起こした。

再び視線が絡むと、程なくして彼女が大きな二重瞼の目を真ん丸にした。

驚きと戸惑い交じりの呆然とした顔に、ついクスッと笑ってしまいそうになる。同時に、男性としてまったく意識されていなかったことを改めて思い知らされた。

（まあいい。これからじっくり口説いて、俺を男として意識させてやる）

伊吹はわずかな切なさを押し込め、杏奈を見つめたままにっこりと微笑んだ。

ついほんの少し前まで、とても有意義な時間を過ごしていた。彼女は、きっとそう思っているだろう。

伊吹が予約したこの店で、目にも舌にも鮮やかで繊細な料理を楽しみ、近況を報告し合い、いつも通りの楽しい雰囲気とおいしい食事に笑顔が絶えなかった。

けれど、たった数秒前に伊吹が起こした出来事によって、空気が一変してしまったのだ。

杏奈の戸惑いが手に取るようにわかったし、自分が彼女を動揺させているのだと思うと高揚感に似たものを抱いた。

「えっと……今……その……」

しどろもどろに話す杏奈の口からは、言葉が出てこない。そんな彼女がどうしようもなく可愛く見えて、伊吹は瞳を悪戯《いたずら》っぽく緩めた。

「キスのこと？」

たじろぎながらも控えめに頷いた杏奈に、現実を突きつけてやる。

「三年……いや、俺はもう何年もこの気持ちを伝えたいと思ってたよ。ずっと杏奈のことが好きだった、って」

真っ直ぐな視線を向ければ、彼女はさきほどよりも困惑をあらわにして瞠目《どうもく》した。

「これから全力で杏奈を口説くから、杏奈は早く俺に堕ちて」

けれど伊吹は、状況を呑み込めないでいる様子の杏奈をじわじわと追い詰めるように、唇の端だけをそっと持ち上げて笑みを湛《たた》えた——。

# 一章　幼なじみが異性に変わるとき

## 一　突然のキス

東京駅に直結している大手百貨店――『高邑《たかむら》百貨店』の本店。

十二階建てのビルの地下一階から十一階には、高級アパレルブランドから日本初出店のショコラブランドに至るまで多岐にわたる人気店が軒《のき》を連《つら》ね、百貨店全体の売上は競合他社の中でも国内トップクラスを誇る。

その一階に店舗を構える外資系ブランド――『Peluche《ペルーシュ》』の一角で、杏奈は販売スタッフとして女性客の対応をしていた。

「この色違いだと、他にどんな色があるの？」

「クリーム、ブラック、キャメルの定番カラーに加え、今春の新作として数量限定でアイスグレーがございます。アイスグレーは発売直後とあってご購入される方が多い印象です」

笑顔のまま丁寧に説明し、白い手袋をつけてアイスグレーのハンドバッグを持ってくる。

グレーという色名ではあるものの、青を混ぜたような色味で水色に近い。くすみ系のパステルブルーと説明する方が、しっくりくるかもしれない。

「あら、いい色ね。娘によさそうだわ」

女性は、今春に就職したばかりの娘への就職祝いを探しに来たのだとか。

四月初旬の今はすでに入社して数日が経っているが、この一か月ほど様々なブランドを回ってもピンとくるものが見つからず、未だにプレゼントが決まっていないと話していた。

上品なメイクに、ラグジュアリーブランドの服。そして、ペルーシュの店内に足を踏み入れる前に周囲のブランド店を見て回っていた様子から、女性が裕福なのは明白だ。

ペルーシュは超がつくほどのハイブランドではないが、ラグジュアリーブランドに分類される。少なくとも、バッグは新入社員がやすやすと購入できるような金額ではない。

カードケースやキーケースでも数万円は下らず、財布は十万円を超える。バッグならだいたいが財布の二倍程度、最も高価なものだと四倍以上するものもある。

二階にもあるペルーシュのフロアではレディースを中心とした服も取り扱っているが、Tシャツ一枚だとしても気軽に手に取れる価格帯ではない。

正社員で働く杏奈ですら、片手にも満たないアイテムしか持っていなかった。

ただ、それゆえにすべてのアイテムが上質かつ高品質であり、『幼い頃の相棒だったぬいぐるみのように、ずっと傍に――』というブランドのコンセプト通り、長く愛用できるものを提供している。

ペルーシュというブランド名も、イタリア語で『ぬいぐるみ』という意味を持つことからつけられたのだ。

「通勤に使えそうなバッグも見せてもらえる?」

「承知いたしました。サイズはA4からタブレットが入る程度のもの、タイプはトートバッグを中心に様々なデザインがございますが、どういったものをお探しですか?」

「そういえば、パソコンとか持ち歩くのかしら。そういう話はしたことがないのよね」

「職種や部署にもよりますが、最も人気なのはA4サイズのトートバッグタイプになります。どのシーンでも使いやすく、ノートパソコンやタブレットも入りますので、社会人の女性ならだいたいひとつは持たれている印象です」

「あら、そうなのね」

「はい。ただ、パソコンやタブレットを持ち歩かない場合、もう少し小さなサイズを好まれる方もいらっしゃるので、やはりお嬢様の職種やお好みも大切かと思います」

「確かにそうね。やっぱり先に見せてもらったものにするわ。問題は色ね」

女性客が並んでいるバッグを凝視したあとで、杏奈に視線を戻した。

「お嬢様は、普段はどのようなお色のものをお使いになっていますか?」

「黒やベージュ系が多いかしら。ブルーが好きだからこのアイスグレーがいいかと思ったんだけど、普段通り無難な色の方がいいかもしれないわね」

「そうですね。もちろん、それも素敵だと思います。ですが、『無難な色以外のものは勇気が出なくてなかなか買えない』とおっしゃる方もいますので、お嬢様が黒やベージュ系をたくさんお持ちでしたら、ひとつくらいお好みのお色のものがあってもいいかもしれません」

「それもそうね。あなたの言う通り、せっかくならあの子が好きな色を選んであげたいし、アイスグレーにしようかしら。数量限定ってことはすぐになくなるかもしれないものね」

なくなるか、なくならないか……に関しては、明確なことは言えない。

スタッフが『すぐになくなるかもしれない』などと言って商品を勧めた場合、あとになって『押し売りされた』と思われる可能性もあるからだ。

そういったことによる返品トラブルやクレームを避けるため、ペルーシュでは接客のマニュアルが細かく設定されている。

杏奈はそれに則《のっと》り、アイスグレーならどういう服装に合わせやすいか、太陽光だと比較的グレー寄りに見えるために使い勝手がいいことなどを説明した。

「うん、決めたわ。これにする」

「かしこまりました。では、あちらのカウンターの方でご案内させていただきます」

女性客を案内してスツールに促してから、まずは名刺を差し出して名乗った。

それから、手袋をつけた手で真新しい箱からバッグを出し、ガラステーブルの上で確認していく。傷や汚れ、皮が剥げているところがないかなど、丁寧に見てから箱に戻した。

これも、商品を売る際のマニュアルのひとつである。

後ほど理不尽な理由で返品を求められた場合に『傷があったから』などと言われることを避けるため、こうして客と一緒にきちんと隅々まで確認することが決まっている。

そして、客の同意を得られたら、会計やラッピングに取りかかる——といった流れだ。

綺麗にラッピングしてブランド名が書かれた紙袋に入れ、店舗の入口で商品を渡す。

「ありがとう。あなたのところで買えてよかったわ。他の店では高額な商品の話ばかりで、どうにも気乗りしなかったの。でも、あなたは最初に娘の好みを訊いて丁寧にアドバイスをくれた上、高額なものを勧めなかった。これからここに来たらあなたを指名するわね」

「ありがとうございます。お客様のお役に立てて嬉しいです。今度はぜひ、お客様がプレゼントされたバッグをお持ちになったお嬢様とお越しくださいませ」

「ええ、そうするわ」

杏奈は再びお礼を告げ、しっかりとお辞儀をする。しばらくして顔を上げ、女性客の姿が遠のいたのを確認してから持ち場に戻った。

「杏奈、今日の売上も上位じゃない？　春の新作が出てからずっと調子いいよね」

閉店時刻を迎えた直後、同僚の城島芙美《じょうしまふみ》から笑みを向けられた。

高い鼻と奥二重の彼女は、胸の下まで伸びたストレートの黒髪もあいまって、キリッとしたクールな和風美人だ。

芙美は、同い年で同期でもある。休憩時間に一緒にランチを摂ったり、たまに飲みに行ったり、休日が重なれば遊ぶこともあり、同期でありながら友人のような関係性を築いている。

明るく前向きで、サバサバした姉御肌タイプ。裏表がなくはっきりした性格だが、さりげなく気遣いもしてくれ、彼女と一緒にいると居心地がいい。

ペルーシュは個人の売上が給料に反映されるため、ある意味ではライバルでもあるものの、芙美とはギスギスしたことはない。

「ありがとう。でも、たまたまだよ。一昨日は一時間悩んだお客様から返事が来なかったし」

「じゃあ、それは次はなさそうだね。私も先週のお客様からは返事がなかったんだよね」

ふたりで顔を見合わせ、肩を落として苦笑を漏らす。

ペルーシュでは、客の希望があれば連絡先を交換することになっている。

教える連絡先は、名刺にも記載されている社用スマホのもの。

たとえば、購入に至った客にはお礼を、購入に至らなかった客には挨拶とお礼とともに『ご不明な点などございましたらいつでもご相談ください』といったメッセージを送る。

稀にだが、連絡先を交換しなくても、客の方から名刺を見て連絡をくれる場合もある。常連客ともなれば来店前に連絡が来て、出勤しているかどうかを確認されることもあった。

「じゃあ、ふたりともダメっぽいね。まあ仕方ないんだけど」

杏奈の言葉に彼女が眉を下げたまま頷き、他のスタッフたちとともに更衣室へと向かった。

「杏奈、今日はデート？」

「デートじゃなくて、ただの近況報告会だってば」

「イケメンの幼なじみとふたりきりで会うのは、立派なデートだよ」

芙美の決まり文句を聞き流し、ペルーシュのロゴが入ったスカーフと白いシャツ、黒いシンプルなパンツから最近買ったばかりのワンピースに着替える。くすみカラーっぽいアイスラベンダーが春らしく、Aラインのフォルムが上品に見える。

八センチのヒールのパンプスを履けば、普段は一五五センチほどの目線が彼女と同じくらいになった。

「なんだかんだ言って、伊吹さんと会うときの杏奈って気合入ってるよね」

「当たり前だよ。伊吹くんは目立つから、一緒にいると私まで注目を浴びるし……。あんなにかっこいい人と歩いてると、迂闊《うかつ》に気を抜けないんだよね」

真剣に答えながら、鏡をチェックしてメイクを直す。

アーモンドアイの二重瞼には仕事用のものとは違うラメが多いブラウン系のアイシャドウ、ぷっくりとした唇には主張しすぎないピンク系のリップ。小さめの鼻が少しでも高く見えるようにノーズシャドウも入れ直し、チークは丸い輪郭をごまかすように控えめに足す。

仕事中には纏めているダークブラウンの髪を解くと、鎖骨の下くらいまで伸びた髪には結び跡と朝に巻いた名残が残っている。それを整えるように、ブラシで丁寧に梳《す》いた。

「伊吹さんと会うのもいいけど、いい加減に彼氏を作れば？」

「うーん、今は別にいいかな」

「杏奈は可愛いのに、本当に恋愛とは無縁だよね。そりゃあ、あんなにかっこいい幼なじみと定期的に会ってたら、その辺の男なんて霞んで見えるのかもしれないけどさぁ」

「そういうのじゃないってば。今は仕事に集中したいの」

彼女に苦笑いを返し、「いつも言ってるでしょ」とたしなめるように告げる。

二十五歳の杏奈は、この春でペルーシュに就職して四年目を迎えたばかり。憧れのブランドに就職できたことで目標はより高くなり、不器用な部分がありながらも明るく前向きに仕事に励んでいる。

その甲斐あって、売上成績をどんどん伸ばし、今では杏奈を指名する常連客も多い。上司や同僚にも仕事ぶりを認められ、今期からは新入社員の育成にも携《たずさ》わることになった。

ただ、物事を両立したりマルチタスクをこなしたりするのは、あまり得意な方ではない。そのため、『三年間は仕事に集中する』と決めて頑張っているのだ。

この件に関しては周囲にも公言しており、家族を始めとした身近な人たちは知っている。

まだ二十五歳という年齢のせいか、両親は素直に応援してくれていた。幼なじみである伊吹や彼の家族も同様で、杏奈の恋愛事情に苦言を呈するのは今のところ芙美だけである。

「でも、もう三年経ったよ？　私たち、この春から四年目になったし、杏奈も着実に目標に近づいてるよね。そろそろ恋愛にも力を入れた方がいいと思うけど」

「それはまあ……。でも、春はなにかと忙しいし」

「夏になったらボーナス、秋はオータムセール、冬はボーナスとクリスマスと年末年始のイベントが目白押しで、どうせ同じような理由で言い訳するんでしょ」

ずばり言い当てられて、彼女から視線を逸らしてしまう。

「今はそれでいいかもしれないけど、いざ恋がしたいって思ったときに上手くいかなかったら悲惨じゃない？　結婚願望がないわけでもないのに、このままだとあっという間に三十だよ」

「わかってるけど……」

芙美には大学時代から付き合っている恋人がいて、昨年の春から同棲している。仕事では対等だが、恋愛面ではいつも心配されてばかりだった。

「伊吹さんと定期的に会うのはいいと思うけど、杏奈は恋愛対象として伊吹さんのことが好きなわけじゃないみたいだし、恋人候補は今のうちに探した方がいいよ」

「……考えておく」

彼女には「逃げたな」と言われたが、杏奈はごまかすような笑顔を残して一足先に更衣室を後にした。


丸《まる》の内《うち》にある料亭は、伊吹と会うときによく利用する。

杏奈の職場から程近いこと、彼も東京駅前なら利便性が高いこと、さらには全席個室であることから、過ごしやすい上に互いとって好都合なのだ。

とはいえ、杏奈にとってはあまり気軽に来られる場所ではない。杏奈は、伊吹のおかげで利用できているだけだった。

立派な門構えの外観通り、店内もテレビで観る屋敷のようだ。

重厚な木造づくりの門を通り抜ければ、錦鯉が悠然と泳ぐ池や美しい桜を纏《まと》う木に出迎えられる。そこからさらに歩くと、ようやく入口に着く。

着物に身を包んだ女将に案内された十二畳ほどの和室では、墨で描かれた鶴の掛け軸が存在感を放っていた。

部屋の中心には、立派な漆塗りのテーブル。それを取り囲む座布団は厚みがあり、まるでソファのような座り心地である。

梅の花とうぐいすが彫られた欄間に、黒い陶磁の花器に活けられた花。障子には桜の模様があしらわれ、ふすまにも鮮やかな桜の花びらが描かれている。

そんな中で、杏奈は色鮮やかな料理に舌鼓を打ちながらもおしゃべりに夢中だった。

「でね、今日は娘さんへのプレゼントを選びに来たお客様に褒めてもらえたの。帰り際には、今度から私を指名してくれるって言ってくださったんだよ」

「その人は、杏奈の相手を気遣えるところに好感を持ったんだろうな。杏奈の努力の賜物《たまもの》だ」

「伊吹くんにそう言ってもらえると嬉しい。ありがとう」

今日の出来事を嬉々として話した杏奈に、彼が瞳を緩める。

その優しい笑顔には、多くの女性を惹きつけるであろう魅力がある。

しかし、幼い頃から家族ぐるみで付き合ってきた杏奈にとっては、伊吹はひとりの男性ではなく〝幼なじみのお兄ちゃん〟でしかなかった。

切れ長の二重瞼に、その左目尻の下にある小さなほくろ。

作り物のように高く美しい鼻梁。意志の強そうな凛とした眉と、綺麗な薄い唇。

すっきりと整えられたストレートの黒髪は、爽やかな雰囲気を醸し出している。それなのに、斜めに分けた前髪から覗く目とほくろが色っぽい。

一八四センチの体躯には程よく筋肉がつき、手足が長くスタイルがいい。

モデルと見紛う外見からは色香が漂っていることもあって、美青年と表現するのが似合う。

しかも、三十二歳にして、銀座《ぎんざ》の本店を含めて都内に三店舗を展開する高級料亭――『ひなた』の代表取締役社長である。

「伊吹くんはどうなの？　今度、京都《きょうと》にお店を出すんだよね？」

「ああ。まだ土地が見つかったばかりだけど、今のところは順調だよ」

ひなたは、もともとは和食料理人だった彼の祖父が手掛けた店である。

美しく盛り付けられた料理の繊細な味で銀座の一等地に構えた店を繁盛させ、たった一代で大物政治家や芸能人に利用される高級店へと成長させた。

ところが、伊吹が二十歳になる頃に身体を壊して店に立てなくなったことで、瞬く間に経営が傾いた。

その窮地を救ったのが、まだ大学生だった彼なのだ。

当時、ひなたには後継者と呼べる者はいなかった。伊吹の父は普通のサラリーマンで、親族にも料理人を志《こころざ》す者はおらず、弟子も育てているさなかだった。

そこで、彼の祖父は一代で店を畳むという苦渋の決断を下そうとしていたのだとか。

けれど、『ひなたをなくしたくない』と強く思った伊吹が、祖父が最も信頼を寄せていた元弟子に相談を持ちかけ、ひなたの監修に当たってもらうように頼み込んだのだ。

その男性はすでに料理人を引退していたが、再びひなたの厨房に立って再建に手を貸し、伊吹とともにひなたの経営を立て直した。

その後、伊吹は新店舗をオープンさせ、ひなたは今では高級料亭グループとして名を馳せている。近々、関東以外にも進出予定だと言うのだから、彼の経営手腕は相当なものだろう。

「そっか、よかったね。ひなたは、私にとっても思い出のお店だもん。順調で嬉しいよ」

幼なじみの特権とでも言うべきか、杏奈は中学校の入学祝いに伊吹の祖父から家族でひなたに招待してもらったことがある。

伊吹の両親や祖父母は杏奈と杏奈の三歳下の弟――翔平《しょうへい》のことも随分と可愛がってくれていたため、そのときも孫のように祝ってもらった。

「そうだな。ひなたには色々な思い出があるし、これからも亡くなったじいちゃんに顔向けできるように頑張るよ」

伊吹は嬉しそうでありながら、その双眸には強い意志をあらわにしている。

「うん。きっと、おじいちゃんも喜んでると思うよ」

彼が嬉しいと自分まで笑顔になれるのは、やっぱり兄妹のような幼なじみだからだろう。

杏奈はそんなことを考えながら、つられるように微笑んだ。

伊吹とは静岡《しずおか》県にある実家が隣同士という縁から、幼い頃はよく一緒に遊んだ。

とはいえ、伊吹とは年が離れているため、杏奈が小学生になった頃から徐々に会う機会が減っていき、彼が国内最高峰の大学に進学するのと同時に地元を出てからは滅多に顔を合わせなくなった。

けれど、杏奈が就職で東京に出てきた際、双方の両親が伊吹に『たまには気にかけてあげてほしい』と頼んだことにより、定期的に会うようになったのだ。

今では月に二度ほど顔を合わせ、こうして一緒に食事を摂っている。

シフト制で働く杏奈と彼の予定が合えば、買い出しに付き合ってくれたり、ドライブや遊びに連れて行ってくれたりすることもあった。

会話の内容は、だいたいが仕事のこと。

杏奈が話し、伊吹が聞き役に回ることが多い。杏奈も彼の話を聞くようにしているが、気づけばつい自分ばかり話してしまう。

優しい伊吹は、そんな杏奈のことを妹のように可愛がってくれているのだ。

「杏奈、デザートは？　桜のわらび餅とアイスがあるよ」

「おいしそう！」

「じゃあ、頼もう。両方食べられるだろ？」

「うん、ありがとう」

伊吹は杏奈の心を見透かすように微笑むと、スタッフを呼んで追加で注文をした。

至れり尽くせりの状況の中、杏奈はふと伊吹の五歳下の弟——吹雪《ふぶき》のことが頭に浮かんだ。

「そういえば、吹雪くんって元気にしてる？」

「どうしていきなり吹雪の話なんかするんだよ？」

「別に深い意味はないけど……。最近会ってないし、元気かなって」

伊吹が眉を寄せたため、杏奈は触れてはいけなかったのだろうか……と不安になる。

吹雪は警察官で、現在の肩書きは警部。いわゆる、キャリア組に当たる。

兄弟揃って、順調にエリート街道を歩んでいるのだ。

「まあ元気なんじゃないか。俺も滅多に連絡は取らないから、よく知らないけど」

「吹雪くんとも会いたいけど、私と吹雪くんの休みって全然合わないんだよね。吹雪くんは夜勤もあるから、こんな風に夜ご飯も行きづらいし……。でも、また三人で会いたいね」

笑顔の杏奈に、伊吹が微妙そうな表情をした。

杏奈はその理由がわからずに戸惑ったが、彼から「ところで……」と切り出され、運ばれてきたアイスを口に放り込んでから顔を上げた。

「就職して三年が経ったけど、そろそろ仕事以外のことは考えないのか？」

「……それって、趣味を充実させるとかの話じゃなくて、主に恋愛的な意味だよね？　ここに来る前に、芙美にも似たようなことを言われたばかりなんだけど」

伊吹の質問の意図はすぐにわかり、思わず杏奈から苦笑が漏れてしまう。

「確かに、この歳で恋愛経験がないってやばいよね……。でも私、恋愛感情とかよくわからないんだ。伊吹くんに恋愛のことを教えてほしいくらい」

いくら仲がよくても、なんとなく芙美には言えなかった。けれど、彼が相手なら、こういう恥ずかしいことも口にできる。

幼なじみという関係性と、今は家族よりも頼れる近い距離にいる存在。そして、伊吹の優しい性格と、彼ならからかったりしないという信頼感。

それらが、杏奈を素直にさせた。

「そういう伊吹くんこそ、どうなの？　モテるのに、ここ何年も恋人がいたところは見たことがない気がするんだけど……。あっ、実は遊んでたりして？」

「俺は好きな女しか抱かないよ」

冗談めかしたつもりだったのに、伊吹が心外そうに眉をひそめる。

「試してみる？」

かと思えば、唇の端だけをそっと持ち上げて、色っぽい笑みを浮かべた。

杏奈はほんの一瞬、たじろいで。けれど、すぐに軽口だと気づく。

これまでにも彼の言動にドキドキさせられることは何度もあった。

伊吹は褒め上手で、エスコートも上手い。今日も会って早々、杏奈のワンピースを褒め、替えたばかりのネイルを『可愛い』と言ってくれた。

前髪をほんの少し切っただけでも気づいてくれるし、杏奈の好みを把握して素敵な店にも連れて行ってくれる。さりげなく車道側を歩かせないようにしたり、自転車から守るためにサッと肩を抱き寄せて守ってくれたり……なんてこともあった。

幼なじみとはいえ、そういうときの彼はいつも以上にかっこよくて、ドキドキさせられる。

ただ、それは〝大人の男性の色気〟や〝年上の男性の余裕〟といったところだろう。伊吹にしてみれば、妹の面倒を見ているようなもの。

突然口説き文句のようなことを言われてたじろいだ杏奈だったが、軽口だと察したことで鼓動はすぐに落ち着いた。

「伊吹くんなら安心だし、そういうのもいいかも」

彼に合わせて返し、明るい笑顔を見せる。

「そういうことを簡単に言うな」

ところが、伊吹の面持ちが険しいものに変わった。

杏奈にしてみれば、軽い冗談のつもりだった。そして、彼もそうだと思っていた。

信頼できる幼なじみという気安い関係だからこそ、さらりと出た言葉だっただけ。

「男なんて、一皮剥けば好きな女をベッドに連れ込むことしか考えてないんだ」

それなのに、伊吹は眉を寄せて悩ましげに言うと、立ち上がって杏奈の方に来た。

「俺みたいに」

畳に膝をついた彼が、骨ばった手を伸ばして杏奈の頬に添えてくる。

直後、端正な顔が近づいてきたかと思うと、唇に温かいものが触れていた。

柔らかな感触と知らない感覚に、杏奈は目を真ん丸にする。

伊吹が顔を離しても、しばらく放心してしまっていた。

「えっと……今……その……」

この数秒で一変してしまった空気と、自分の身に起こったこと。

それらをまだ上手く呑み込めない杏奈は、しどろもどろに話すことしかできない。

「ああ、キスのこと？」

一方、彼は瞳を悪戯っぽく緩めた。

はっきりと言われたことによって、気のせいじゃなかったのだ……と確信する。

どうにか小さく頷けば、伊吹が真剣な双眸で杏奈を見つめた。

「三年……いや、俺はもう何年もこの気持ちを伝えたいと思ってたよ。ずっと杏奈のことが好きだった、って」

痛いくらいに真っ直ぐな視線が少しだけ怖いのに、なぜか目を逸らせない。

「これから全力で杏奈を口説くから、杏奈は早く俺に堕ちて」

そんな中、聞き慣れた声音で紡がれたのは、予想だにしない告白だった。

「え……？　えっ？　待って……なにこれ……？」

「杏奈の仕事を優先したいっていう意思を尊重して三年も待ったんだ、ちゃんと覚悟しろよ？　俺に堕ちてくれるまで全力で口説くから」

未だに思考が追いつかない杏奈を余所《よそ》に、彼は不敵な笑みを浮かべている。

「杏奈のファーストキス、ご馳走様」

色香をたっぷりと孕んだ瞳は、どこか楽しげな上にとても満足そうで。〝幼なじみのお兄ちゃんだった〟男性を前に、杏奈はただ口をパクパクとさせることしかできなかった。

## 二　消えない感触

翌朝は、綺麗な空が広がっていた。

開けた窓から差し込んでくる光は柔らかく、春の陽気が心地いい。

ほとんど眠れなかった自分とは正反対の清々しい青色に眉をひそめた杏奈の口から、大きなため息が漏れる。それは、品川《しながわ》区の端にある1DKのアパートの部屋に盛大に響いた。

(伊吹くん、いったいどういうつもりなんだろ……。いや、もしかして夢だったんじゃ……)

昨夜は、あまりお酒は飲んでいなかったはず。酔っていたつもりはないが、自分で思っている以上に疲れていて酔いが回り、全部が夢だったのではないか。

杏奈は、そんなことを考えながら左手の人差し指と中指で唇に触れていた。直後、無意識だった自身の行為にハッとする。

けれど、一拍早く唇にキスの感触が残っている気がしてしまい、頬がかあっと熱くなった。

反射的に離した指先にも熱が灯ったのか、全身が火照ってくる。

どうにか落ち着こうと深呼吸をしたとき、傍に置いていたスマホが震え出した。

「えっ……嘘……！」

ディスプレイを見た杏奈は、誰もいない室内をキョロキョロと見回してしまう。

軽快な着信音を鳴らすスマホを持ちながら戸惑っていたが、もう一度深呼吸をしてから画面をタップした。

「っ、もしもし？」

軽く裏返った声を、不自然な咳払いでごまかす。

『おはよう、杏奈。ちゃんと起きてたみたいだな』

電話越しに聞こえてきたのは、普段通りの伊吹の声だった。

「あっ……うん、さっき起きたよ。おはよう」

『それならよかった。まあ、遅番だって言ってたからそんなに心配はしてなかったんだけど、杏奈は昔から朝が弱いからな』

一緒に夕食を摂った日の翌朝には、彼は必ず連絡をくれる。

支払いだけでなく、自身の車やタクシーで杏奈を家まで送り、朝に弱い杏奈の起床時間に合わせてモーニングコールをしてくれるのだ。

杏奈が休みの場合には、昼休憩の時間帯を利用して『体調は大丈夫か？』といった内容の電話がかかってくる。お酒を飲んでいても飲んでいなくても必ず……だ。

「大丈夫だよ。昨日はそんなに飲んでないし、これでも一応遅刻はしたことないんだから」

『知ってるよ。でも、心配だったんだ』

「そっか。いつもありがとう。それと、昨日もご馳走様でした」

『いや、杏奈がおいしそうに食べてくれるだけで嬉しいよ』

必死に平静を装う杏奈だったが、いつもと変わらない様子の伊吹に小首を傾げてしまう。

昨夜、もし本当にキスをしていたのなら、いくら大人な彼でももう少し態度が変わるのではないだろうか。こんな風に何事もなかったように接してくるはずがない。

（やっぱり夢落ちだ！　そうじゃなきゃ、よっぽど酔ってたとかでしょ？　だって、あの伊吹くんだよ？　かっこよくてなんでもできて昔からモテる伊吹くんが、妹扱いの私にキスなんてするはずないよね！）

杏奈はそう思い、ひとりで納得したあとでホッと息をついた。

心配事がなくなったことで急に心が軽くなり、キッチンに行ってケトルでお湯を沸かす。マグカップにラズベリーティーのティーバッグを入れ、食パンをトースターに放り込んだ。

『ところで、杏奈』

バターだけにしようか、はちみつもかけようか。真剣に悩んでいた杏奈は、はちみつの入ったプラスチックのボトルを手に取る。

「うん？」

油断しながら、返事をした直後。

『好きだよ』

唐突に耳元で甘やかな声が響き、杏奈はボトルをフローリングに落としてしまった。

「…………へっ？」

『杏奈のことだから、夢だとか酔った勢いだとか思ってそうだけど』

聞き慣れたはずの穏やかで優しいバリトンが、やけに杏奈の胸の奥をざわつかせる。

『俺も酔うほど飲んでなかったし、昨日のキスは本気だから』

まるでなにかが起こる予感を抱いていた心を肯定するように、伊吹がクスリと笑った。

「っ……！　ゆ、夢落ちだったんじゃ……！」

『残念。夢じゃないな』

普段通りの声音なのに、そこにはどこか喜色のようなものが滲んでいる。

『昨日の夜、俺は杏奈にキスをしたし、告白もした。忘れたなんて言うなよ？』

現実を突きつけられて、気のせいだと思っていた唇の熱がぶわっ……と蘇ってきた。

『まあ、杏奈が忘れたところでまた口説くだけなんだけど』

「なっ……!?」

『そういうわけだから、改めてちゃんと覚悟しておけよ？　じゃあな』

たじろぐだけの杏奈に、彼は動じる様子もなくさらりと言い放ち、電話を切ってしまった。

「え、っ……えぇっ？」

素っ頓狂な声を上げた杏奈の全身から力が抜け、その場にへなへなと座り込む。

トーストが黒焦げになっていることに気づいたのは、キッチンのフローリングに吸い込まれて五分以上が経ってからのことだった。

遅番のシフトだった杏奈は、昼前に出勤していつものように業務をこなした。

ところが、ふとした瞬間に昨夜のキスや伊吹の言葉を思い出してしまい、仕事に上手く集中できない。

厄介なことに、それらは杏奈の頭の中でグルグルと回り、たびたび思考を占領してきた。

接客も、仕事自体も、とても好きだ。

客と一緒に真剣に悩む時間や、ラッピングした商品を手にしたときの客の笑顔に、杏奈はこの仕事の楽しみを見出《みいだ》している。

ペルーシュが好きというのは大前提ではあるが、これまでに経験してきた接客のバイトとは違うキラキラした世界は、自分が商品を買うわけではなくてもワクワクさせてくれるのだ。

だからこそ、つらいことや嫌なことがあっても頑張れるし、売上だってスタッフが十人以上いるこの店舗内の月間ランキングで常に三位以内をキープしている。

成績がすべてではないし、なによりも客に喜んでもらうことが一番だとは思う。とはいえ、明確な数字はやる気にも繋がる。

そういった理由から、仕事中は常に全力の杏奈だったが、今日はどうにも集中できない。客にもそれが伝わったのか、この日の売上は最下位になってしまった。

「なにかあったんでしょ？」

更衣室に入るや否や、芙美が杏奈の顔を覗き込んだ。

どうやらタイミングを窺っていたらしい彼女からの不意打ちに、杏奈はうっかり表情で『そうです』と語ってしまう。

「どうして？」

平静を装ったが、手遅れだというのは心のどこかでわかっていた。

「まず、今日は何度も上《うわ》の空《そら》だったし、笑顔もいつもみたいに溌溂《はつらつ》としてなかった。商品の説明はさすがに上手かったけど、『ベージュの財布が欲しい』って言ったお客様にクリームを出してたし？　あと、お客様が少ない時間帯はため息も多かった」

「……そんなにひどかった？」

「うん。自分では平常心でいたつもりだろうけど、店長にもバレてたと思うよ？　注意されなかったのは、杏奈がこんな風になることは滅多にないからじゃない？」

高邑百貨店の営業時間は、地下一階の食品フロアとレストランフロアを除いて十時から二十一時である。

ペルーシュは二交代のシフト制で、早番は九時半から十八時半まで、遅番は十二時半から二十一時半までで、間に一時間の休憩がある。

今日は杏奈と芙美を含めた四人のスタッフが遅番で、店長は早番だった。もし、上がる時間が一緒だったら、閉店作業のときにでも注意を受けていたかもしれない。

彼女の言葉で深く反省した杏奈は、情けなさで嘆息してしまった。

「それで？　原因は伊吹さん？」

「ま、まあ……」

「ふーん」

じっと見つめてくる芙美から、そろりと視線を逸らす。このまま逃げられるかと思ったが、彼女がにっこりと笑った。

「よし、飲みに行こう。今日は助け舟を出してあげたんだから、杏奈に拒否権はないよ」

うっ……と言葉に詰まったのは、さきほど話題に上がった客とのやり取りでクリームの財布を出してしまったとき、傍にいた芙美がすかさずフォローに入ってくれたからだ。

彼女は『クリームも人気でおすすめなんですよ』と言いつつ、笑顔でサッとベージュの財布を並べ、杏奈はそれに助けられたのだ。

もちろん、杏奈が芙美のフォローに入ることもあるのだが、今日は借りを作ってしまった。

もっとも、それが彼女の口実だというのはわかっていたのだけれど。


東京駅前から程近い場所にある、スペインバル。

「キスされたぁっ⁉」

その店内の一角で大声を上げた芙美に、杏奈はギョッとした。

「ちょっ……！　声が大きいよ！」

声を潜めながらも語尾を強めれば、彼女が「いや、だって！」と返してくる。

「キスされて、告白されたって！　杏奈、伊吹さんとは散々『幼なじみだ』って強調してたじゃない！　それなのに、いきなりの展開すぎて……落ち着いていられると思う？」

落ち着いていられないのは同感だが、芙美の興奮は相当なものだ。

ここに来て、早十五分。

杏奈は、彼女の追及にたじろぎながらも観念して話を切り出し、昨夜のたった二分ほどの出来事を五分以上かけて白状した。

テーブルの上にはドリンクしかなく、注文するのもすっかり後回しになっていた。

「ましてや、恋愛に無縁だった杏奈に春が到来したんだよ？　興奮するに決まってるよ！」

力説されて、苦笑しか浮かばない。

杏奈は自分の戸惑いを落ち着かせるためにも「とりあえず注文しようよ」と提案したが、芙美は即行でいつものメニューを選んでタブレットで注文し、再び杏奈を見た。

「で、なんでそんな浮かない顔してるのよ？」

今日に限っては、行きつけの店であることが仇《あだ》になったようだ。

「なんで、って……。だって、伊吹くんだよ？　幼なじみだし、お兄ちゃんっていうか、ずっと家族みたいな関係性だったのに、いきなりすぎて……」

「本当にいきなりだったの？」

首がもげそうなほど何度も頷けば、彼女が白い目を向けてくる。

「あのさ、人の恋路をどうこう言うのはどうかと思うし、そもそも私は伊吹さんとは杏奈を迎えに来たときに挨拶をする程度の面識しかないから、伊吹さんの気持ちは知らなかったけど」

「うん」

「普通は、いくらお互いの親に頼まれたからって月に二回も会わないし、休みが合うたびに一緒に出掛けたりしないし、夜に会った翌日にモーニングコールなんてしないから」

「えっ？　確かに、伊吹くんはちょっと過保護なところがあるけど……。でも、昔から可愛がってもらってたし、きっと妹の面倒を見るような感覚だったんだと思うよ」

「いや、普通の兄はそんなことしないから。むしろ、幼い頃は力加減なく叩かれるわ、思春期にはパシられるわ、ちょっとしたことでからかわれるわ……とにかく最悪だからね」

語気を強めた芙美には、二歳上の兄がいる。

幼い頃はよくいじめられ、物心がついた頃からは兄妹喧嘩が絶えなかったのだとか。今は不仲ではないようだが、千葉《ちば》県出身の彼女も兄も東京にいるのに『実家に帰るタイミングが合うとき以外は会わない』と言っていた。

世の中の兄がみんなそうだとは思わないが、芙美にとって兄とはそういうものらしい。

そのため、彼女に伊吹のことを話すと、『私も伊吹さんみたいなお兄ちゃんか幼なじみが欲しかった』と羨ましがられることもあった。

「って、うちの兄のことはいいのよ。つまりさ、私は伊吹さんの行動って幼なじみの域を超えてると思ってたわけ。どんなに仲がよくても、面倒見がよくても、律儀に月二回も会わないって。多いときだと週一くらいで会うこともあるんでしょ？」

「まあ……。でも、そんなの滅多にないよ？」

彼と杏奈の仕事柄、互いの予定を合わせるのはなかなか難しい。

取締役社長である伊吹は出張や会食も多く、杏奈はシフト制で休みはバラバラである。

それでも、彼は毎月欠かさず夕食を共にする時間を作ってくれ、ときには休みを丸一日一緒に過ごすこともあり、出張土産を渡したいからと突然誘われることもあった。

他にも、杏奈がしつこい客に待ち伏せされて困っていたときには、しばらく杏奈のシフトに合わせて仕事終わりに迎えに来てくれていた。

つまり、タイミングによっては毎週のように会うこともある……というわけだ。

「だとしても、普通じゃないからね？　忙しい男が、月二回の夜ご飯だけじゃなく貴重な休みまでただの幼なじみに費《つい》やすとか、本当にありえないから！」

「いや、でも……」

「でもじゃない！　杏奈は妹みたいに可愛がってくれてるとか家族だとか言ってるけど、私に言わせれば伊吹さんは杏奈を恋愛対象として見てたから。そうじゃないなら、よっぽどの世話好きか、おかん体質だよ！」

「えっと……だから、伊吹くんは本当に面倒見がよくて、優しいだけで……」

「でも、その伊吹さんから告白されたんでしょ？」

しどろもどろに話した杏奈に、芙美がにっこりと微笑む。しかし、その目はあまり笑っていなかった。

「現状を鑑みて、杏奈と私、どっちの見解が正しいと思う？」

「……芙美さんです」

杏奈が身を小さくすると、彼女が「よろしい」と満足げに頷いた。

「っていうか、ハイスペ幼なじみからいきなり告白されるとかやばい！　最高じゃない！」

入社当時から落ち着いている芙美らしくない興奮した表情と声音に、杏奈はたじろぐことしかできない。

「少女漫画かよ、って感じ。前世でどんな徳を積んだらそんなことになるわけ？」

ひとり盛り上がる彼女を見ていると、杏奈の気持ちはどんどん沈んでいった。

「徳って……。そんなの積んだ覚えはないよ。っていうか、私は真剣に悩んでるの！　なにもかもが突然すぎて、頭がついていかないよ……」

「まあ、鈍感な杏奈にとっては急なことだったんだろうけど、伊吹さんにとっては待ちに待った機会だったんじゃないの？　杏奈、『三年は仕事に集中したい』ってよく言ってたし、伊吹さんもそれは知ってたんでしょ？　だから、このタイミングだったんじゃない？」

まるで伊吹のセリフを聞いてたのかと思うほど、ぴたりと言い当ててしまう。そんな彼女に目を見開けば、呆れ笑いを返された。

「だから、杏奈は鈍感なんだって。純粋培養だったのかもしれないけど、普通もう少し好意には気づくと思うんだけど」

「私、別に伊吹くんや芙美みたいにモテたことないし……。告白されたことがないわけじゃないけど、恋愛には無縁だったんだもん」

彼はもちろん、芙美だってモテるのは知っている。

客から連絡先を訊かれることが頻繁にあり、本社の社員から言い寄られていたのも知っている。いつも上手く断っているのは、それなりに恋愛経験を積んできたからだろう。

彼女自身は今の恋人を大事にしているため、他の男性に靡《なび》くようなことはないが、プライベートで一緒にいるときに声をかけられていることも何度かあった。

「無縁ねぇ……。そりゃあ、ハイスペの幼なじみがいると、他の男には興味持てないか」

「そうじゃないけど……」

「じゃあ、杏奈って今までに好きな人ができたことはある？」

「えっ？」

しばらく考えてみたが、誰かを恋愛対象として好きになった記憶がない。

しいて言うのなら、ずっと憧れのお兄ちゃんだった伊吹のことは、かっこいいとは思っていたけれど。

「ないかも……」

「うーん……これは伊吹さんの苦労が窺えるわ」

芙美が呆れたように笑い、ビールをグビッと飲む。そのあとで、テーブルに頬杖を突いた。

「それで？　杏奈はどうしたいの？」

「どうって言われても……よくわからないよ」

「伊吹さんのことは好きでしょ？」

「それはもちろん！　でも、あくまで家族っていうか、幼なじみっていうカテゴリーで……」

杏奈は即答しながらも、すかさず本音も付け足した。

「でも、伊吹さんが杏奈に告白した以上、もうただの幼なじみではいられないと思うよ。これまでの話を聞く限りでは優しくて大人な人だろうから、杏奈が振ってもある程度は今まで通り接してくれそうだけど、杏奈は何事もなかったようには振る舞えないでしょ？」

グルグルと悩んでいた杏奈が、こくりと頷く。

もう今まで通りの関係ではいられないことは、杏奈自身も心のどこかでわかっていた。

幼なじみとして兄のように慕っていた伊吹の気持ちを知った今、優しい彼がどうフォローしてくれても、杏奈はきっとあのキスを意識してしまう。

「選択肢はふたつだよ。付き合うのか、振るのか。できるだけ早くはっきりさせなきゃ」

「うん……」

「一度付き合ってみてもいいだろうけど、杏奈はそんなことできる性格じゃないし……。でも、振ってしまうってことは、いつか伊吹さんに恋人や奥さんができるってことだからね？」

彼女に念押しするように言われて、杏奈の胸の奥がチクリと痛む。

杏奈の知る限り、自分が東京に出てきてからは伊吹に恋人がいた様子はない。それどころか、親しくしている女性の影すら見えなかった。

けれど、今後そういう女性が現れないとも限らない。むしろ、時間の問題だろう。

そう思い至ったとき、杏奈はさきほどよりも胸の痛みが強くなった気がした。

「それって嫌じゃない？　わかってると思うけど、もう今まで通りにご飯を食べに行ったり遊びに行ったりはできないよ。そういうのを許す女って、あんまりいないからね」

これまでにも理解していたつもりだったが、いざ彼と会えなくなると思うと寂しい。

ただ、それが恋愛感情から来るものかと言われれば、やっぱり違うとしか思えなかった。

そんな杏奈の気持ちを察するように、芙美が微笑みながら杏奈を見る。

「じゃあ、伊吹さんとのキスは嫌だった？」

「え……？」

きょとんとした杏奈は、質問の答えにたどりつくまでそう時間はかからなかった。

驚きと戸惑いで〝キスが嫌だったか〟なんてことまで考える余裕はなかったが、よくよく思い返してみても嫌だったわけではなかった。

そのことに初めて気づいたせいか、なんだか落ち着かない気持ちになってしまう。

「嫌じゃなかった、かも……」

「それなら、もっと前向きに捉えてみてもいいんじゃない？」

「確かに、他の男性だったら嫌だったけど……。でも、相手が尊敬して慕ってる伊吹くんだったから、平気だったんだと思う」

「そんなことないって。恋愛経験がないこともだけど、杏奈の性格を考えればキスはそんなに簡単にできるものじゃないでしょ？　嫌悪感がないって、大切なことだよ？」

言っていることはわかるが、どうしても共感できない。

「恋になるかもね」

ますます頭を抱えたくなった杏奈に、彼女が悪戯っぽく緩めた瞳を向けてくる。

「もうっ……！　からかわないで！」

咄嗟に言い返したが、『恋になるかもね』なんて言われたことによってますます伊吹のことが頭から離れなくなってしまった。


それから三日が経っても、杏奈は伊吹のことばかり考えていた。

仕事中はどうにか業務に集中していられるが、ひとりになると彼の顔が脳裏に浮かんでばかりいる。もちろん、初めてのキスのことも。

それは日に日に重症化し、暇さえあれば伊吹のことを考えてしまうようになっていた。

特にひどいのは、入浴中と寝る前だ。どちらもひとりでじっくり悩む時間があるからか、彼の笑顔や言葉、あのキスばかり思い出す。

しかも、昨日は夢にまで出てきてしまった。

もしかしたら、一昨日と昨日の伊吹からの電話やメッセージに対応できないでいるせいかもしれない。

杏奈にしてみれば、どう対応していいのかわからないだけ。しかし、電話に出ない上にかけ直しもせず、メッセージだって既読をつけたまま返せていないのは無視と言えるだろう。

【来月のシフトが出たら休みを教えて】

【早番の日にまた一緒にご飯を食べに行こう】

【お疲れ様。あとで電話するから、都合のいい時間を教えて】

一日一通。最初の二通は恒例のやり取りで、杏奈は彼からメッセージが届くといつもすぐに返信していた。

三通目もたまにある内容だ。『杏奈のタイミングで電話ができるように』という伊吹の配慮で、だいたいは就寝前に電話をすることが多い。

用件は、次に会う店を決めることがほとんどで、あとは他愛のない話ばかりだった。

これまで通りだったなら、杏奈もいつもと同じように対応していただろう。

ところが今は、彼のキスと告白のせいで、どうすればいいのかわからないのだ。

芙美に相談したことや彼女からの言葉で余計に伊吹を意識してしまっているのを、自分でもわかっていた。

そして、それが日に日にひどくなっていき、彼のことばかり考えているというのも。

(どうしよう……)

恋愛対象として好きかと考えると、やっぱり違う。杏奈にとって、伊吹は幼なじみのお兄ちゃんでしかない。

けれど、告白を断れば彼とは今まで通りにいられなくなると思うと、芙美に相談していたときに感じた寂しさよりもずっと大きな寂寥《せきりょう》感に包まれるのだ。

(でも、こんなのずるいよね……)

明日こそ、きちんと返事をしよう。

そう決めた杏奈は、ベッドに入ってもなかなか寝つけなかった。

## 三　二度目のキス

翌日、伊吹が杏奈の家にやってきた。

早番だった杏奈は、帰宅後すぐに夕食とお風呂を済ませてしまったため、部屋着である。それも、長袖のＴシャツとスウェットというラフな格好だ。

インターホンのモニターを見た瞬間からパニックになったが、彼がオートロックのドアから部屋に来るまでの間、大急ぎでパステルラベンダーのルームウェアに着替えた。

直後、キャミソールとショートパンツだと露出が多いかもしれないと気づいたが、同じくして部屋のインターホンが鳴った。

ベッドに置いていたカーディガンを羽織り、緊張しながらドアを開ける。

「えっと……こんばんは」

余所余所しい杏奈に、伊吹が苦笑を零した。

「急に悪い」

「う、ううん……。でも、どうしたの？」

そう訊きながら、理由ならわかっていた。彼はきっと、電話にもメッセージにも反応しない杏奈に痺れを切らしたのだろう。

「連絡しても無視されるから、こうして会いに来るしかなかったんだけど」

「ごめんね……。あの、でも、今日はちゃんと連絡するつもりで……」

気まずさと申し訳なさでしゅんとする杏奈に、伊吹がふっと表情を緩める。

「冗談だよ。杏奈が悩んでることくらいわかってるし、悩ませてるのは俺だからな。お詫びに杏奈が好きなケーキを買ってきたから、一緒に食べよう」

彼に優しい笑顔を向けられて、少しだけ戸惑ってしまった。

これまで、伊吹には何度もアパートの前まで送ってもらい、最初のうちはお茶を勧めたこともあった。

しかし、そのたびに『一人暮らしの女性が簡単に男を家に入れるものじゃない』と言われていたため、彼が部屋の中まで入ったことはなかったのだ。

けれど、今日は杏奈の好きなケーキを用意して、わざわざ家まで来てくれている。なにより、伊吹からの提案だったこともあって、杏奈は初めて彼を招き入れた。

「お邪魔します。……へぇ、綺麗にしてるんだな」

感心したようにまじまじと室内を見られて、なんだか気恥ずかしくなる。

「あの……あんまりじっくり見ないでね」

釘を刺してから飲み物を用意する間、伊吹を円形のローテーブルの前に促した。

彼にはブラックコーヒー、自分にはミルクをたっぷり入れたもの。二十一時を過ぎているため、ノンカフェインにした。

伊吹が持ってきてくれたのは、高邑百貨店の地下にある洋菓子店『Salon de Emilia《サロン・ド・エミリア》』――通称『エミリア』のスペシャルショートケーキだった。

ひとつ二千円ほどするそれは、自分では滅多に買えない。年に一度、誕生日のときだけの特別なご褒美である。

「スペシャルショートケーキだ」

「好きだろ？　なんなら、杏奈がふたつとも食べるか？」

「ありがとう。でも、せっかくだから一緒に食べようよ」

大好物のケーキを見た瞬間、杏奈の中にあったわずかな警戒心が解けてしまう。お皿にケーキを載せ、フォークを添えてから彼の前に置き、隣に座った。

ふたり仲良く「いただきます」と手を合わせ、ケーキを口に運ぶ。

ふんわりとした柔らかなスポンジに、甘くて濃厚なのにしつこくない生クリームと大粒のいちごの甘酸っぱさ。それらが口の中で絶妙に絡み合い、杏奈の頬が綻ぶ。

「おいしい……！　本当においしい～！」

気まずさもあったはずなのに、大好物のケーキの味にまんまと陥落してしまった。

「喜んでくれてよかった」

伊吹も微笑み、ケーキに手をつける。杏奈が二口目を頬張ったところで、彼が「そういえば」と切り出した。

「ゴールデンウィークはほとんど仕事なんだよな？　帰省はどうする？」

「うーん、今年もしないかな。仕事が忙しくて疲れてるだろうし……」

「そうか。俺も今回は新店舗のことであまり時間が取れそうにないんだ」

「伊吹くんも忙しいもんね」

「俺は今だけだよ。長期休暇シーズンに休みを取るのは、杏奈の方が難しいだろ」

「高邑百貨店は元日しか休みがないからね。でも、売上アップに繋げられる時期だから、休めなくてもいいの」

「杏奈らしいな。とにかく、俺も夏が過ぎるくらいまではゆっくり時間は取れないだろうし、帰省は落ち着いてからでいいと思ってるんだ。だから、悪いけど、もし杏奈がゴールデンウィーク明けに帰省するなら、今回は送ってあげられないかもしれない」

「うん、大丈夫だよ。いつもありがとう」

伊吹と杏奈は、タイミングが合えば一緒に帰省している。だいたいは彼が予定を合わせて車を出してくれるのだが、毎回甘えさせてもらっていた。

『どうせ同じ場所に帰るんだから』と言われたのがきっかけで、年に一回か二回は伊吹の運転で実家に帰っている。

ただ、彼の気持ちを知った今、いつも通りに一緒に帰省していいのかわからない。

「またどこかで予定を合わせて一緒に帰ろう」

とはいえ、伊吹の態度は普段と変わらず、まるで告白なんてなかったかのようである。

大好物のケーキによって解《ほぐ》れた緊張感と警戒心が戻ってこないことも、杏奈にそう思わせる要因のひとつだったのかもしれない。

そんなわけで、うっかり「うん。ありがとう」と返事をしてしまった。

「ああ、そうだ。最近、杏奈が好きそうな店を見つけたんだ。和食店なんだけど、湯葉とごま豆腐が名物らしい。今度一緒に行かないか？」

（伊吹くん、なに考えてるんだろ……。もしかして、今まで通りでいいってことなのかな？）

「杏奈？　聞いてる？」

「えっ？」

ぼんやりとしていた杏奈は、彼に顔を覗き込まれていたことに身を強張らせてしまう。

「あっ、えっと……」

慌てて平静を装い、ぎこちない笑みを返した。

すると、伊吹が杏奈の顔をまじまじと見つめ、右手を伸ばしてきた。

突然のことになにもできなかった杏奈の口元に、節くれだった親指が触れる。彼は杏奈の唇の端をそっと撫でるようにし、ふっと瞳をたわませた。

「生クリーム、ついていた」

クスリと笑った伊吹は、なんのためらいもなく自身の親指をぺろりと舐めてしまった。

直後、杏奈は頬を真っ赤にした。

「なんで舐めるのっ……！」

声を上げた杏奈に、彼がククッと笑う。

「杏奈こそ、そんなに顔を真っ赤にしなくてもいいだろ」

「だって……！」

焦りながらティッシュを取って伊吹の指を拭えば、「もう遅いだろ」とまた笑われる。彼は必死になっていた杏奈の手を止めるように取り、右手の指を杏奈の左手に絡めてきた。

「っ……」

左隣にいる伊吹との距離の近さに、今さらになって鼓動が跳ね上がる。

今までなら、これくらいの距離は普通だった。意図的に手を繋ぐようなことはなかったが、杏奈がヒールを履いているときや転びそうになったときに支えてもらったことはある。

けれど、今はそういうものとは違う。

彼の手の感覚とそこから伝わる体温を、どうしようもないほどに意識してしまう。

「杏奈」

「っ、な、なに……？」

いつもなら心地いいバリトンも、優しい呼び方も、今日だけは落ち着かない。

「俺以外の男を部屋に入れるなよ？　こんな風に触れさせるのも禁止だからな？」

そんな杏奈を追い詰めるように、伊吹が真っ直ぐな双眸を向けた。

たじろいで、どう答えればいいのかわからなくて。それでも、杏奈は彼のペースに呑まれまいと、必死に思考を働かせる。

「いくら伊吹くんでもそんなことを言う権利はないと思う……」

その結果、杏奈から零れたのは、あまり可愛げのない口調だった。

「ああ、わかってる。でも、俺が嫌なんだ。杏奈を誰にも渡したくない」

ところが、熱と独占欲がこもった言葉を返されて、目を見開いてしまった。

(なにそれ……。そんなこと、急に言われても……)

なんて思う頭の片隅で、喜んでいる自分がいることに気づく。

「俺がこんなことを言うのは、杏奈自身の自衛のためと他の男を部屋に入れさせないためだ」

かっこよくてなんでもできて、きっと杏奈の想像以上にモテる。

そんな伊吹が見せる独占欲にドキドキして、杏奈は満更でもないような気持ちになってしまっていたのだ。

「でも、俺が今まで中に入らなかったのは、杏奈と密室でふたりきりでいて理性を保つ自信がなかったからだよ。正直、個室や車の中で過ごしてたときだって何度も手を出したくなった」

どうすればいいのかわからない杏奈に、苦笑が寄越される。

「こんな風に一緒にいるだけでも、杏奈に触れたくて仕方がない。だから、今までは絶対に部屋に上がらなかった。でも、これからは我慢しないから」

それでも、想いを隠すことなく乞い求めるような目を向けられて、息を呑んでしまった。

余裕がない中でも、彼がこれまで部屋に入ろうとしなかった理由をようやく理解した。

伊吹から初めて『一人暮らしの女性が簡単に男を家に入れるものじゃない』と言われたとき、杏奈は『幼なじみなのに?』と訊いた。

彼は『幼なじみでもダメ』と答えただけだったが、今言ったことが本心だったのだろう。

そして、それを知った瞬間、こうして部屋にふたりきりでいることに対して、とんでもないことをしているような気持ちになってしまった。

熱を帯びていた頬が、さきほどよりもずっと熱い。

真っ直ぐな瞳が、隠そうとしない伊吹の本音が、杏奈を大きく戸惑わせ、心を静かに追い込んでいく。

絡められたままの指に、さらに力がこもる。そのまま人差し指をすりっ……と動かされ、杏奈の肩が勝手にぴくんっ……と跳ねた。

「杏奈」

名前を呼ばれるだけで、鼓動が大きく跳ねる。

今までにはなかった感覚に、心も頭もついていかない。

「キスしたい」

そんな中、容赦のない伊吹の言葉に、杏奈は咄嗟に顔を背けた。

「ダメ……」

震えそうな声で拒絶するだけで精一杯なのに、彼が指の腹で杏奈の手をくすぐるせいで指先から身体が熱くなっていく。

同時に、思考力も落ちていく気がした。

「ダメ、か」

落胆交じりのようなため息に、理解してもらえたのだと思ったけれど。

「『嫌』ならやめるけど、『ダメ』ならやめない」

甘い雰囲気を纏った伊吹が、杏奈のささやかな抵抗をするりとすり抜けてくる。

彼はクスッと笑うと、動揺と戸惑いに包まれていた杏奈の顎を左手で掬った。直後、杏奈の意思を余所に強引に視線が絡み合い、声にならない声が吐息のようになって落ちた。

「ダメだってば……」

逃げ場のない杏奈は、視線をわずかに逸らせることしかできない。

頭の片隅では『嫌』と言えばいいだけだとわかっているのに、なぜか言えなかった。

視線だけ逃げても、伊吹の目が難なく杏奈を捉えに来てしまう。

じっと見つめられている杏奈は、鼓動がうるさいくらい鳴っていることを自覚して。余裕なんてどこにもないのに、心臓の音が彼に聞こえてしまわないか……なんてことを考えていた。

解けそうにない、指と視線。

今までのふたりにはなかった、甘さを孕んだ空気。

痛いくらいに感じる、伊吹の体温。

そのすべてが、杏奈の心を翻弄してくる。

「俺とキスすることがダメ？　俺を恋愛対象として見られないからダメ？　それとも――」

彼は、さらに容赦なく質問を繰り出して。

「俺のことを意識するから、ダメ？」

ふと意地悪く微笑むと、見事に杏奈の胸の内を言い当てた。

杏奈が答えに困っていることも、その理由がキスが嫌ではないから……ということも。きっと、伊吹はすべて見抜いている。

「もう一度言う」

左手の親指でそっと唇を撫でられて、そのくすぐったさに背筋がぞくりと粟立つ。

「『嫌』ならやめるけど、『ダメ』ならやめない。さあ、どうする？」

さきほどとまったく同じ言葉が紡がれ、杏奈を追い詰めてくる。ただ顔を背ければいいだけだ……と頭ではわかっているのに、身体が上手く動かなかった。

刹那、端正な顔が近づいてきたかと思うと、ふたつの唇が重なった。

まるで労わるように優しく触れ合った唇が離れ、またすぐにくちづけられる。

二度のキスをした彼は、杏奈の戸惑いや動揺に付け込むように妖艶に微笑み、さらに唇を重ねに来た。

顔がぼやけるほど近い距離にいる伊吹が、角度を変えてキスを繰り返す。

（抵抗、しなきゃ……）

頭ではそう考えているはずなのに、柔らかな感触と優しい感覚に思わず杏奈の瞼が落ちてしまいそうになる。

「杏奈、もっとキスしよう」

うっかり流され始めた杏奈の耳元で、蠱惑的な囁きが落とされた。

絶妙なタイミングと、心地いいバリトン。

絡められたままの指と、触れ合っている場所から伝わってくる彼の熱。

「ほら、目を閉じて」

思考はどんどん鈍り、気づけば杏奈は自ら視界を閉ざしていた。

直後、唇が重なる。

このキスには、杏奈自身の意思も混じっていたのかもしれない。

「可愛い」

嬉しそうに零した伊吹が、また微笑む。

柔らかくたわませられた瞳には、けれど確実にさきほどよりも濃い熱がこもっていた。

何度目かわからないキスをする頃には、触れ合うだけだった唇を押しつけられるような強さも感じて。かと思えば、ときおりやんわりと食まれる。

知らない感覚だったのに、鼓動はずっとドキドキとうるさいままなのに……。杏奈はいつしか、彼の甘やかすようなキスに陶酔していた。

「っ……？」

不意に、吐息が漏れた唇の隙間から、ぬるりと温かいものが押し入ってきた。

それが伊吹の舌だと気づいた杏奈は、思わず彼の身体を離そうとする。

しかし、それよりも一瞬早く伊吹の左手が杏奈の腰を抱き寄せ、彼との身体の距離がグッと近くなった。

「ん、っ……ふぁっ……」

歯列を撫で、頬の裏側をなぞり、上顎をくすぐられる。

初めて知った深いキスは杏奈には刺激的すぎて、どうにか身をよじって逃げようとすることしかできない。

けれど、伊吹はそれを許すまいと絡めていた指から離した右手で杏奈の後頭部を押さえ、杏奈から逃げ場を奪った。

「ぁ、っ、んっ……！」

そして次の瞬間、杏奈の小さな舌が捕らえられ、まるで結ぼうとするようにねっとりと搦め取られた。

苦しいのに甘くて、どこか切ないような感覚にも包まれる。

息が上手くできないのに、戸惑いと動揺に加えて羞恥まで湧き上がってくる。

その一方で、ダメだと考える思考とは裏腹に、嫌じゃないとも感じてしまう。

ようやく唇が解放されたとき、杏奈は肩で息をしていた。

「好きだよ、杏奈」

極めつきに色香を纏った瞳を緩めた彼を前に、脳がくらりと揺れた気がした。

# 四　策士、始動する　Side Ibuki

うららかな気候が続いていた、四月下旬。

「お願いします」

銀座にあるひなたの本店のカウンター席に座る伊吹の前に、上質な漆器の椀物が置かれた。

彼がそっと蓋を開ければ、えびのしんじょが入ったすまし汁から濃厚なかつお出汁《だし》の香りが立ち上がった。しんじょの上には、薄紫色の紫蘇《しそ》の花が飾られている。

「紫蘇の花か」

「はい。そちらを手で解して入れていただき、すまし汁と一緒に飲んでください」

「なるほど」

今日は、ひなたで九月から十一月に出すコース料理の試食会である。

ひなたでは常に定番の料理も出しつつ、シーズンごとに料理の内容を変えるコースも複数あるため、こうして定期的に新作メニューの試食会が行われている。

いわゆる単品としては過去に大反響だった料理を出すこともあるが、コースに関してはすべて新作メニューを提供するため、長ければ数か月かけて準備をする。

そんな風に料理人たちが腕によりをかけたものを伊吹に振る舞い、伊吹が店に出せるものかどうかを判定するのだ。

すでに先付の試食を終え、この煮物椀のあとにも造り・焼き物・箸休め・八寸・炊き合わせ・ご飯と香の物……と続き、デザートと抹茶まで控えている。

「うん、味も香りも申し分ない。出汁の香りこそ濃厚だが、飲んでみると紫蘇の香りが引き立つように出汁の濃さが調整されているのがわかるし、えびのしんじょにもよく合う」

頷いた伊吹に、五十代中盤の料理長を始めとしたスタッフたちが安堵の笑みを浮かべる。

「だが、紫蘇の花を解して入れるとき、花についているすまし汁で手が汚れてしまう。見た目は美しいし、これで出したいところだが、汁で手が汚れるのは避けたいな」

「ですが、別添えにすると、椀を開けたときに立つ香りが弱まってしまいます」

「だとしても、客の多くはできれば手を汚したくないと感じるだろう。特に、女性はデート相手と来ると、そういったことにも気を使うはずだ。デート中の相手の前で椀に手を入れて紫蘇の花を解すのは、少し抵抗を感じる場合もあると思う」

えびのしんじょは団子状のため、運んでくる間にどうしてもすまし汁がかかるのだろう。たとえば、リーズナブルな店であれば、直接手を使って食べる料理にも抵抗感が少ないだろうが、ひなたの客層なら苦手だと感じる者もいるはずだ。

そう考えた伊吹は、しばらく椀の中を見つめたあとで口を開いた。

「このしんじょを四角にすることはできないか?」

「四角ですか?」

「ああ。団子状だと丸い分、しんじょが転がりやすいだろう。だが、四角にすればしんじょ自体が安定し、紫蘇の花も載せやすい。あと、あえて上部にはすまし汁がかからないようにすれば、汁で手が汚れるのも避けられないか？」

「確かに……それでしたら、すまし汁がかからないようにすることはできるかもしれません。ですが、四角のしんじょは火を入れる塩梅が難しいので、この柔らかさを維持するのは……」

「それはわかってる。だが、このセンスや味は残したいし、紫蘇の花は自分で解してもらう方が椀を開けたときの見栄えもいい。だから、まずはやり直してみてほしい」

「わかりました。では、社長がおっしゃるようにしてみます」

料理長の言葉に、伊吹が「ありがとう」と微笑む。

「菊《きく》や柚子《ゆず》ではなく、あえて紫蘇の花を選んだところは本当にいいと思う。菊や柚子を使ってもおいしいものはできるだろうが、せっかくならこのまま紫蘇の花を使いたい。繊細で色合いもいいし、できるだけこの料理を活かせる方向性で考えてほしい」

「はい。では、後ほどすぐに試作してみます」

「ああ、頼んだ。試作品が完成するのを楽しみにしてるよ」

社長でありながら気遣いを忘れない伊吹の姿勢は、スタッフたちからの信頼が厚かった。

なにより、伊吹は味覚もセンスもいい。

料理を作る側としての興味はなかったが、祖父の影響で幼い頃から味覚が鍛えられたおかげか、食に関してはセンスが秀でていた。それは料理だけではなく、日本酒でも同様である。

伊吹が絶賛した料理や酒は、必ず多くの客に受ける。

逆に、伊吹が納得し切れなかった料理を出したときには、ことごとく客の反応が悪い。

ただの大学生だった伊吹がひなたの再建に着手したときは、料理人たちからの反発も多くあり、伊吹自身にも意見を押し切るだけの力はなかった。

しかし、こうして試食会を繰り返して十年以上が経った今、スタッフも伊吹の判定が客の反応に直結することを知っているため、伊吹の意見に反対する者は滅多に出てこなくなった。

もっとも、伊吹は自身に料理を作る側のセンスがないことは重々理解していて、あくまで料理人たちを否定しないようにしているのも上手くいっている要因のひとつだろう。

今日の試食会でも、煮物椀以外に八寸のうちの二品と炊き合わせが不合格となったが、スタッフたちは伊吹の言葉をしっかりとメモにしたためていた。

「日向社長！」

伊吹がスタッフに労いの言葉をかけてから車に向かうと、二番弟子の料理人——大西《おおにし》に背後から呼び止められた。

「あの……日向社長から、料理長に俺にもう少し料理を任せるように言ってくれませんか？」

三十代前半の彼は、二十歳でひなたに来てからこの業界一筋だが、そのわりに短絡的な一面もあるように思える。しかし、それは口にせず「なにか理由があるのか？」と尋ねた。

「俺は誰よりも研鑽《けんさん》を積んでます！　はっきり言って、もっと色々なことを任せてもらえるくらいだと思うんです！　でも、料理長はあれもこれも『ダメ』って言うばかりで……」

不満やもどかしさがわからないわけではないが、伊吹は料理長を最も信頼している。それゆえに、現場の基本的な人事や判断はすべて彼に一任していた。

「大西さんが頑張ってくれてることは、俺も料理長もわかってる。でも、料理長だって理由もなくそう言ってるわけじゃないはずだ。大西さんに期待してるから厳しくしてるんだと思う。だから、料理長を信じてもう少しだけ頑張ってみてくれないか?」

「……わかりました。呼び止めて申し訳ありませんでした」

「いや、大西さんの気持ちを聞かせてくれてありがとう。俺も大西さんには期待してるし、これまで通り頑張ってくれると嬉しい」

伊吹が大西を真っ直ぐ見て言うと、彼は眉を寄せながらも頷いた。


伊吹は、同行していた秘書の植田《うえだ》とともに神田《かんだ》駅から程近い自社に戻った。

十五階建てのビルの最上階には、午後三時の太陽の日が差し込み、デスクや部屋を明るく照らしている。彼は、伊吹が眉を寄せたのを見ると、すかさずブラインドを下ろした。

十三階から上がひなたグループのフロアであるこのビルは、駅から徒歩三分という好立地と日当たりのよさ、そして新設なのが売りだった。

五年ほど前、事業を広げるのと同時に借りたのだが、とても気に入っている。

それまでは銀座本店の事務室が伊吹の執務室でもあったのだが、現場スタッフたちが伊吹に気を使っているのは明らかだった。伊吹自身もまた、必要以上の気遣いを受け、やりづらいことや疲れることも多かった。

しかし、こうしてビルを借りている今は、いい意味で互いに肩の力が抜けたと感じている。

それぞれのフロアはそう広くはないが、従業員も随分と増えた。そして、部署ごとに仕事を割り振ったことによって、伊吹自身の業務量が調整しやすくなった。

ひなたの再建を始めたときは、現場のことも事務や広報についてもひとりで担っていたため、その負担はあまりにも大きかった。

今は別の意味で多忙だが、こうして自分の仕事だけに集中できる環境によって以前よりも確実に捗《はかど》るようになっている。

「お疲れ様でした」

「ああ、ありがとう」

ネクタイを緩めながら、用意されたコーヒーに口をつける。

「新メニュー、どう思った？」

伊吹の質問に、植田が苦笑を零した。

「いつも申し上げていますが、私の味覚は一般人レベルですよ」

「だから、聞いてるんだ。すべての客の味覚が長けてるわけじゃないだろ」

いつも通りのやり取りのあとで、彼が「そうですね」と独りごちる。

「個人的には、煮物椀は人気が出そうだと思いました。あの見た目と紫蘇の花を散らす美しさは素晴らしいですし、写真映えもするので客の目を引くかと」

四十代前半の植田は、国内きっての有名大学で助教授や研究職を経て一般企業に就職したという、おもしろい経歴の持ち主だ。

理系出身だが、『研究者として生きるよりも一般企業で働く方が向いていた』と本人が言っていた通り、秘書としてとても優秀である。

彼の味覚こそ普通ではあるものの、その意見はいつも的確だった。

「ただ、社長が懸念されていた手に汁がつくというのは、私はあまり気になりませんでした。正直に申し上げると、少し気にしすぎではないかとすら感じています」

なにより、伊吹と意見が違ってもはっきりと口にするところに、とても信頼を置いている。

伊吹としては、自分の意見にすべて同意するようなイエスマンではなく、反対意見であってもしっかりと述べてくれる者を傍に置きたいと思っていたからである。

「とはいえ、女性の気持ちなら私よりも社長の方がお詳しいでしょうから、社長のご意見は正しいとも思います」

「なんだ、その『女性の気持ちなら』って」

「言葉のままです」

笑みを浮かべた植田の冗談に、眉を寄せながら「おもしろくないぞ」と返す。すると、彼が「失礼いたしました」と肩を竦めた。

どうやら、試食会で気を張っていた伊吹をリラックスさせようとしていたらしい。

植田に欠点があるとしたら、冗談がいつも微妙だというところくらいだろうか。

「今日の料理の写真や動画は、すでにタブレットとパソコンに転送しております」

ただ、仕事が速い上にミスをすることも滅多にない彼の下手な冗談くらい、伊吹にとってはたいした問題ではなかった。

パソコンを起《た》ち上げながら植田に次回の試食会の日程をスケジューリングしておくようにと告げ、さきほど撮った料理の写真や動画をくまなく確認していった。


伊吹が港区《みなとく》の自宅に帰宅したのは、二十三時を回った頃だった。

試食会の日はいつも、会社に戻ってから料理についてあれこれ纏めるため、つい遅くなってしまう。

この時間に帰ってくるのは慣れているとはいえ、試食会特有の緊迫した空気を味わった日の帰宅後は一気に疲労感が押し寄せてくる。

寝酒でも欲しいところだが、試食会の際に日本酒を飲んだため、炭酸水で代用した。

大きな一枚窓のカーテンを開け、ぼんやりと外を眺める。２ＬＤＫのタワーマンションから望む夜景は、今の伊吹には少しばかり眩しく思えた。

(杏奈は今日は遅番だったな)

ふと、杏奈のことが脳裏を過った。

遅番だった彼女は、通常通りなら二十一時半頃に仕事を終え、それから帰り支度を済ませて帰路に就く。今は、帰宅して風呂から上がった頃合いだろう。

遅番の日には先に風呂に入ってから夕食を摂るのが、杏奈のルーティンだ。『疲れてるときに一度座ると立つのが嫌になるから』という理由らしい。

これから軽く夕食を摂るのだろうと思い、スマホを取り出して彼女に電話をかけた。

一コール、二コール……と無機質なコール音が鳴るが、応答しない。

杏奈は普段なら電話に出るのもメッセージの返信も速いため、恐らく数日前のキスの件で躊躇でもしていて、なかなか電話に出ないのだろう。

この予想が当たっている気がして、伊吹の口元がふっと緩んだ。

『……も、もしもし？』

五コール目でようやく聞こえてきた彼女の声には、戸惑いと警戒心が滲んでいた。

思わず噴き出しそうになったのをこらえ、「杏奈？」と優しく問いかける。すると、電話口から『うん』と小さく返ってきた。

「お疲れ様。ちょうど晩ご飯でも食べてる頃かなと思って」

『う、うん』

「なに食べてる？」

『昨日のカレーの残りだけど……』

戸惑いがちに答える様子が可愛くて、疲労感が噴き飛ぶ。杏奈の声を聞くだけで、心が癒やされていくのがわかった。

「いいな、カレー。今度俺にもなにか作ってよ」

『あ、えっと……』

素直にたじろぐところが、杏奈らしい。昔から嘘や取り繕うのが苦手で、すぐに顔や態度に出てしまう。

そんなところもまた、彼女の可愛さに拍車をかけていると思う。

「昔は何度か作ってくれただろ」

『あれは実家にいたときで……。お母さんと作ったやつだったし……』

何年も前のことであっても、こうしてすぐにわかってくれる。そんなことだけで嬉しくて、自然と笑みが零れた。

「うん。だから、今度は杏奈がひとりで作ってくれたものが食べたい」

『そ、そんなこと……急に言われても……』

杏奈はきっと、伊吹からの告白やキスに対して、どうしていいのかわからないのだろう。そのせいで、こんな些細な会話ですら必要以上に意識しているに違いない。

(それでいいんだ)

しかし、伊吹にとってはすべて想定内のことである。

戸惑いたじろがれることも、自分のさりげない言動ですらも彼女を悩ませてしまう原因になることも。

なぜなら、今の狙いはそこにあるのだから。

幼い頃からずっと、杏奈のことを可愛がっていた。

両親同士の仲がよく、伊吹が生まれる前から日向家と三鷹家は付き合いがあった。

互いの家に子どもが生まれてからは関係性がより密になり、杏奈と彼女の弟の翔平とはまるで兄妹のように育ってきた。

とはいえ、伊吹と杏奈の年の差は七歳。

伊吹が中学生になった頃からは関わる機会が少しずつ減っていき、伊吹より五歳下の吹雪の方が彼女たちとの距離は近かった。

中学生にもなれば、勉強や部活で忙しくなる。

伊吹は高校に入学した直後からバイトも始めていたため、二家族の集まりに参加できなくなっていくのは自然なことだったと言えるだろう。

杏奈も翔平も伊吹と吹雪によく懐いていたし、伊吹も一緒に過ごせるときにはふたりを可愛がっていたが、それぞれの成長に伴って会う機会は自然と少なくなっていった。

けれど、根本的なところは変わらず、会ったときには色々なことを話したり、勉強を見てあげたりもした。

思春期特有の異性を避ける……といったことはなく、ずっと仲はよかった。

伊吹にとって、杏奈と翔平は幼なじみであり、兄弟のようなもの。それは、何年経っても変わらないと思っていた。

ところが、伊吹が大学進学のために上京して二年ほどが経った頃。

久しぶりに会った杏奈に美しさが混じっていることに気づかされ、その成長にハッとさせられた。

まだあどけない表情に垣間見える、凛とした雰囲気。少女特有の瑞々しさと大人の女性へと成長していく過程の中にある微かな色気に、思わず目も心も奪われていたのだ。

ただ、それはほんのわずかな時間のこと。

最初こそ驚きのあまり言葉を失ったが、すぐにいつも通りに他愛のない話をした。

杏奈は妹のような幼なじみ。それ以上でもそれ以下でも、そして恋愛対象でもない。

ずっとそう思ってきた伊吹には人並みに恋愛経験があり、このときだって同じ大学内に恋人がいた。

だから、久しぶりに会った幼なじみの予想以上の成長に驚き、ほんの一瞬戸惑ってしまっただけ。あくまで幼なじみで、決して恋愛対象ではない。

まるで自分に言い聞かせるように改めてそう感じた反面、このときからなぜか彼女が〝幼なじみ以上に気になる存在〟になり始めたのだった。

杏奈が高校生になると、それはますます確かなものへと変わっていった。

幼なじみで、妹のように思っていたこと。家族ぐるみの付き合い。七歳の年の差。

それらにためらいを感じつつも、彼女には他の女性に抱いたことのないような感覚を持つことが増えていった。

屈託なく笑ってくれること、信頼を寄せて頼られること。くだらない話で笑い合えるとか、一緒にいると楽しくてホッとするとか。

傍にいたいとか、隣にいてほしいとか。

伊吹にとってそう感じる相手が、他の誰でもなく杏奈だったのだ。

これまでにも恋人はいたが、疲れているときに真っ先に思い浮かんだり顔が見たいと思ったりするようなことはなかった。

なんとなく同じ時間を共有して、それなりに楽しい時間を過ごす。そういうものが恋愛だと思っていたのに、それはただ〝付き合っていただけ〟だったのだ……と思い知った。

『別れよう』と言われて『今までありがとう』と笑顔ですんなり言えてしまうようなものは、恐らく恋ですらなかった。

伊吹が自分の中にある杏奈に対する恋心を認めざるを得なくなっていたとき、彼女はまだ大学生。それでも、卒業間近であったことが追い風のように思えた。

そして、杏奈が就職を機に上京することになり、伊吹は一気に攻めるつもりだった。

『三年間はプライベートを犠牲にしてでも仕事を頑張りたいの』

そんな決意を聞かされるまでは……。

出鼻を挫かれた気分だった。正直、三年間も待つなんて気が遠くなりそうだった。

しかし、彼女のことをよく知っているからこそ、その気持ちを尊重したくもなった。

杏奈はあまり器用な方ではない。

真面目で一生懸命、根っからの努力家だが、マルチタスクは苦手だ。

中学時代には部活と勉強、高校生になってからはそれに加えてバイトも頑張っていたものの、たまにしか会えない伊吹から見ても常にキャパオーバーしている印象だった。

真面目で努力家な性格ゆえに、手を抜くのが下手なのだ。

だからこそ、彼女自身、最初の三年間は仕事だけに集中しようと決めたのだろう。

就職して間もない時期に伊吹が告白をすれば、杏奈はどうなるのか。

新生活を始める中、これから唯一頼れるであろう幼なじみとの関係性が変わってしまうと、ますます不安が大きくなるに違いない。

そう考えた伊吹は、内心では項垂れながらも彼女の気持ちを大事にしようと決めたのだ。

とはいえ、なにもしないつもりはなかった。

幸いにも、杏奈の両親から『ときどき杏奈のことを気にかけてくれると嬉しい』と頼まれ、自身の両親からも『面倒を見てあげて』と言われたため、杏奈に会う口実は簡単に作れた。

その上で、『出張土産があるんだ』や『いい店があるから行こう』と誘い、あっという間に月に数回のデートを恒例化させることに成功した。

もっとも、彼女の方はデートだなんて微塵《みじん》も思っていないようだったけれど。

それでも、なにかと理由をつけて連絡を密に取り、杏奈の好きそうなもので誘い出すうちに、彼女との親密さは確実に増していった。

同時に、間違ってもいきなり現れた男に杏奈を奪われないよう、細心の注意を払った。

素直な彼女は、伊吹の目論見《もくろみ》を察することもなく近況を事細かに話してくれた。おかげで、情報収集に困ったことはない。

同僚からの合コンの誘いには乗っていなかったが、念のために『滅多に取れない店の予約が取れた』と言って杏奈の気を引き、当日なにがあっても参加できないようにしたこともある。ナンパには対応しないように口酸っぱく言い聞かせ、自分と一緒にいるときに彼女に目を向ける男には有無を言わせぬ視線で牽制《けんせい》した。

杏奈に言い寄る客から守るために送迎を申し出て恋人のふりをし、それでもしつこい相手にはこっそり釘を刺してやった。

お前の情報を手に入れることなど造作もない、という圧力を添えて。

なにも知らない彼女は、『あのお客様が来なくなったの。伊吹くんがずっと送迎してくれたおかげだよ』なんて笑っていたため、笑顔で『よかったな』と返しておいた。

とにもかくにも、杏奈に気づかれないようにしながら、裏では全力を尽くした。

一方で、伊吹自身の悩みも尽きなかった。

就職してからどんどん洗練されていく彼女を前にすれば、伊吹はいつだって理性との戦いを強いられたのだ。

大きな二重瞼の目、噛みつきたくなるようなぷっくりとした唇。小さな鼻に、ほんのりと赤みが差した柔らかい頬。

童顔気味の丸顔なのに、ときおりハッとするような美しい表情を見せる。

落ち着いたブラウン系の髪は緩く巻かれ、いつだって触り心地がよさそうである。仕事中の姿も見たことがあるが、上品に纏めているところがたまらなかった。

子どもの頃はショートカットでボーイッシュだったのに、鎖骨の下まで伸びているのが大人っぽくもあり、事あるごとに色香を感じさせられた。

一五五センチの身体は、全体的に華奢《きゃしゃ》で。すらりとした手足なんて、きつく抱きしめれば折れてしまいそうだ。

そのくせ、胸元だけは豊かなのが厄介で、伊吹に何度もあらぬ妄想を掻き立てさせた。

触れたい。触れられたい。

誰にも見せたくない。すべてを独占したい。

その肌に触れて、舐めて、噛みついて。陶器のような肢体を貪り尽くし、自身の欲望で奥深くまで貫きたい——なんてことを考えたのは、一度や二度ではない。

何年も妹のように思っていたはずの杏奈に対して、獣じみた欲を向けている。その事実が、ときに伊吹に罪悪感を抱かせたりもした。

もっとも、それでも伊吹の中に〝彼女を諦める〟という選択肢は欠片もなかった。

だって、杏奈を他の男に奪われる想像をしただけで、心は独占欲と嫉妬でいっぱいになってしまうのだから。

彼女を自分以外の男に奪われるくらいなら、三年間この欲望を抑え込んで優しい笑顔を見せることくらい造作もない。

そんな風に、覚悟を決めていた——。

「杏奈、聞いてる？」

沈黙が降りた電話口に語りかければ、杏奈が息を小さく吐いたのがわかった。

『うん、聞いてるよ。でも、その……』

「俺を家に入れたら、またキスされそうで怖い？」

『っ……！』

「でも、嫌じゃなかったんだろ？　この間、俺は『嫌ならしない』って伝えたけど、杏奈は受け入れてくれた」

『ちがっ……！　受け入れてない！　拒否する時間がなかっただけだもん！』

きっと、彼女は耳まで真っ赤にしているに違いない。

声が聞けるだけで嬉しいのも本心なのに、今すぐに顔を見られないことが歯がゆい。

目の前にいれば、あの柔らかな唇を奪い、舌を捕らえ、甘く淫靡なキスができるのに。

「じゃあ、そういうことにしておくよ。今は、な？」

あえて最後の一言を強調すれば、杏奈がたじろいだのが伝わってきた。

これ以上のからかいは、彼女を怒らせてしまうだろう。

『伊吹くんのバカ……』

杏奈の拗ねた声に苦笑を零しながらも、本気で怒っていないことに喜んでしまう。

可愛くて、愛おしくて。

早く堕ちてこい、と願わずにはいられない。

「杏奈、好きだよ」

今はただ言葉を贈ることしかできないが、惜しみなく伝えたくて仕方がない。

『っ……おやすみ！』

とうとう限界を迎えたらしい彼女は、そう言うや否や電話を切ってしまった。

「やりすぎたか」

伊吹はため息をつき、焦りが出た自分自身に微笑が零れる。

（でも、本当は余裕なんてないんだ）

忍耐強く待ち続けてようやく告白ができた今、伊吹にはもう待つ気はない。

杏奈への想いは、日に日に膨らむばかり。ずっと近くにいたのに触れられなかったせいか、告白したことでまるでタガが外れたようだった。

これまでだって店の個室でふたりきりでいるだけでも危なかったのだから、キスまでしておいて今さら我慢できるはずがないのだ。

怖がらせたくはないのに、触れたくて仕方がなくて。彼女の身も心も欲しくてたまらない。

杏奈の性格は熟知しているため、彼女が嫌がっているわけではないことは理解している。

だから、杏奈に拒絶されないギリギリの言葉と距離で追い詰めていくつもりでいた。

（とりあえず、こっちにも釘を刺しておくか）

再びスマホを操作し、電話をかける。その相手は吹雪だった。

『もしもし、兄貴？　珍しいな』

「ああ、ちょっと話があって。手短に済ませるからいいか？」

『もう家だし、別にいいよ』

彼の声に「そうか」と返し、一呼吸置いてから本題に触れる。

「俺、杏奈に告白したから」

『……は？』

「お前の気持ちは知ってるし、お前がどう行動しようが俺に口を出す権利はない。でも、俺はお前に負けるつもりも、遠慮する気もない。これから杏奈を全力で口説くから」

『えっ？　ちょっ、急になんだよ……！』

「そのまま受け取ってくれればいい。じゃあな」

驚く吹雪が言葉を発する前に、一方的に電話を切ってしまう。

伊吹にとっては、その辺の男よりも弟が一番厄介だった。

自分と同じ幼なじみというポジションにいながら、昔は伊吹よりも杏奈と仲がよく、それでいてずっと前から彼女に想いを寄せているのだから。

吹雪自身の口から聞いたことはなくても、傍で見ていれば嫌でも気づく。そして、自分も同じ気持ちでいる今は、弟の想いが手に取るように理解できているつもりでもあった。

「まあ、いくら吹雪でも譲る気はないけどな」

独りごちた伊吹は、次はどんな風に彼女を口説こうかと考えながら、ほくそ笑むのだった。

## 二章　これが恋というものらしい

### 一　不利すぎる攻防戦

ゴールデンウィークは、例年通りとても忙しかった。

繁忙期には、出勤スタッフが通常時よりも増員される。それでも、営業時間中は常に客の対応に追われ、休憩を取るタイミングも難しいほどだった。

もちろん、電話応対やバックヤードでの作業などもあるため、客足が引く昼食時であってものんびりできることはない。

その代わり商品の売れ行きは上々で、杏奈も今年最高の売上を記録した。

ゴールデンウィーク最終日の今日は息つく暇もなかったが、無事に連休を乗り切れたことをスタッフ全員で喜んだ。

「やっと終わった～！　これで夏まではちょっとラクになるね」

閉店作業が終わると、芙美が大きく伸びをした。彼女とお互いに「お疲れ様」と労い合い、スタッフ全員で更衣室に向かう。

「杏奈は明日休みだよね？　いいなぁ、私は遅番なんだよね」

連勤のあとの遅番はなかなかつらい。その大変さに共感できる杏奈は、苦笑しつつも「頑張って」と返した。

「まあ、ゴールデンウィークも今日で終わりだし、明日はたぶんラクだから頑張るよ」

連休が明ければ、確実に客足は減る。売上を考えれば痛いが、多忙だったこの数日を思えばありがたくもあった。

「杏奈、一杯だけ飲みに行かない？」

帰り支度を済ませて更衣室から従業員用の通用口に向かうさなか、芙美に投げかけられた言葉に一瞬たじろいでしまう。

「あ、ごめん。今日はちょっと……」

それに気づいた彼女が、楽しげににやりと笑った。

「伊吹さんと会うんだ？」

タイミングよく着いたエレベーターを降り、芙美から顔を逸らすように足早に歩き出す。しかし、彼女は難なく杏奈の隣に並んだ。

「すっごく疲れてるはずなのに、告白されてキスまでした相手と会うんだね～」

「っ……！　含みのある言い方しないで！　今日はいつもの食事会だし、伊吹くんはお互いの親に私のことを頼まれてるから……」

「でも、今はそういう理由じゃないってことくらいわかるでしょ？」

「うっ……」と言葉に詰まった杏奈が、眉を下げる。すると、芙美が苦笑を浮かべた。

「なにをそんなに悩むかなぁ」

「なにって……。だって、色々あるし……」

伊吹と会うのは、彼が杏奈の家に来てから二度目になる。

前回会ったときは、和食店に連れて行ってくれた。伊吹が以前話していた通り、名物のごま豆腐が最高においしかった。

けれど、杏奈は家を訪ねてこられたときのことが頭から離れなくて、ずっと警戒心を解くことができなかった。

そして、杏奈の予想に違わず、彼は杏奈を家まで送った際に車の中でキスをしてきたのだ。

壊れ物を扱うように優しく触れたかと思うと、強引に舌を差し込んで。激しい舌使いに翻弄され、思考がとろけるほどの行為に脳がクラクラと揺れていた。

ただの幼なじみなのにキスをするなんてダメだ……と考えたのは、最初だけ。

頭では拒絶しようと思っていたのに、伊吹の甘い声で『好きだよ』と囁かれた鼓膜ごと震えた身体が痺れて動かず、それどころか気持ちいいと感じてしまった。

そうして唇が離れたあとには、次のキスを期待している自分自身に気づき、杏奈は脱兎のごとく車から降りたのだった。

「色々って言っても、本当に嫌なら会わないでしょ？」

「そうだけど……」

共感しつつも、相変わらず自分でも自分の気持ちがわからない杏奈からため息が漏れる。

「伊吹くんの態度には困ってるけど、嫌じゃないのも本心なの……」

甘い言葉や強引なキスに翻弄されて、たじろいだり戸惑ったり困ったりしている。反面、なにをされても伊吹に嫌悪感や不快感を抱くことはないのが不思議だった。

他の男性なら、間違いなく嫌だというのはわかる。

「だったら、杏奈の気持ちも恋なんじゃないの？」

ただ、それでもなお芙美の言葉に頷けないのには、理由があった。

「でも、もし相手が吹雪くんだったとしても、今と同じように思うかもしれないし……」

幼なじみである吹雪が相手なら……と考えたとき、もしかしたら伊吹に対する気持ちと似たようなものを持つかもしれないという思いが拭えないのだ。

今でこそ伊吹との距離の方が近いが、昔は吹雪と接する機会の方が多かった。

伊吹よりも年齢が近いため、必然的に一緒にいる時間が長かっただけではある。それでも、杏奈から見ればふたりとも大切な幼なじみだ。

だから、相手が伊吹でなく吹雪だったとしても、こんな風に悩んだのではないだろうか。

図々しい想像ではあるが、告白やキスをしてきたのがどちらであってもこんな気持ちになる気がしてきて、この感情を恋だと言い切る自信はまったくなかった。

「吹雪さんは伊吹さんの弟なんだっけ？」

「うん」

「杏奈は、相手が伊吹さんの弟でも同じように感じたかもしれないから悩んでるの？」

「そうかも……。でも、自分でもよくわからなくて」

悩めば悩むほど、本心がわからなくなっていく。そんな杏奈に、彼女が眉を下げながら微笑んだ。

「じゃあ、もう少し考えさせてもらえば？　伊吹さんなら杏奈のことをよくわかってるだろうし、返事は待ってくれるんじゃない？」

杏奈は頷くことしかできなかったが、芙美と別れて待ち合わせ場所の店に急いだ。


「金曜の朝、迎えに行こうか？」

イタリアンで食事を済ませた帰り、運転中の伊吹が赤信号で停止すると杏奈を見た。

「ううん、平気！　伊吹くんも東京駅までは電車だよね？　駅で待ち合わせで大丈夫だよ」

彼は一瞬悩むような表情になったが、すぐに微笑みながら頷いた。

「わかった。じゃあ、八時半に東京駅な。せっかくだからモーニングでもするか」

杏奈が「うん」と返事をすれば、伊吹が前を向き、信号が変わると同時に車を走らせた。

来週の金曜日と土曜日は、一泊二日で実家に帰省する予定でいる。

シフトに合わせて有休を取った杏奈は、木曜日から三連休になるようにしたため、当初は二泊三日で帰る予定だった。

しかし、杏奈に合わせて仕事を調整した彼は、都合がつかずに一泊しかできないのだとか。

『一緒に帰ろう。でも、俺は一泊しかできないから、できれば杏奈も一泊にしてよ。俺と一緒にいてほしいんだ』

帰りは別々にしようと考えていた杏奈だったが、伊吹に真っ直ぐに見つめられると断れなくなり、彼の要求を呑むことにした。

そして、今回は新幹線でのんびり帰ろうということになったのだ。

「楽しみだね、帰省。ちょうど吹雪くんも帰ってくるって聞いたし、久しぶりにみんなで会えるといいな」

吹雪の帰省の時期と被ったのは、本当に偶然だった。

彼も不規則な仕事のため、社会人になってからは両家の子どもたちが全員揃ったことは数えるほどしかない。けれど、今回は奇しくも同じタイミングで帰省することになったのだ。

「吹雪の話はいいだろ」

ワクワクする杏奈に反し、前を向いている伊吹は眉を寄せていた。

「伊吹くんって吹雪くんと仲が悪いわけじゃないのに、吹雪くんの話はあんまりしたがらないよね？　どうして？」

疑問に思っていたことを口にすれば、彼の眉間に刻まれた皺がますます深くなった。

まずいことを訊いてしまったのか、という思いが杏奈の脳裏に過る。ちょうどアパートの前に着いたこともあり、杏奈は咄嗟に笑みを繕った。

「あ、言いたくないなら無理に答えなくていいよ？　素朴な疑問っていうか、別に深い意味はない質問だったし。えっと、今日も送ってくれてありがとう」

じゃあ……と言いかけた杏奈だったが、それを制するように伸びてきた伊吹の右手が杏奈の頬を掴むように触れた。

「言わないとわからないか？」

「え……？」

左頬に感じる熱と低い声。その両方が、杏奈の思考を鈍らせる。

自分を真っ直ぐに見つめる視線に気づいたとき、杏奈の鼓動が高鳴った。

「杏奈が他の男の名前を呼ぶだけで、杏奈の口を塞ぎたくなるくらいムカつくからだよ」

言うが早く、彼の顔が近づいてくる。杏奈がそれを察したときには、ふたりの唇が重なっていた。

直後には、唇のわずかな隙間から舌が差し込まれて。歯列をたどり、舌をねっとりと撫で、じっくりと味わうように搦め取ってくる。

いつも、最初は触れるだけの優しいキスだった。それなのに、今日はいきなり容赦なく舌を捕らえられて、戸惑わずにはいられない。

息が苦しくなって伊吹の胸元を押そうとすると、彼の左手が杏奈の両手首を掴んだ。

「ふっ……んんっ……！」

自由を奪われたまま舌を吸い上げられ、杏奈の背筋が粟立つ。

酸素が足りないせいで脳がぼんやりとし始めた頃、ようやく唇が解放された。

肩で息をする杏奈が伊吹に抗議の目を向ければ、彼が唇の端だけを持ち上げる。

「言っただろ？　唇を塞ぎたくなる、って」

悪びれない笑みを前に、杏奈は口をパクパクとさせながらも言葉が出てこない。

また流されてしまったことに後悔と反省の念はあるのに、杏奈の身体は今夜も甘いキスに翻弄されてしまった――。


金曜日は、予報通り晴天だった。

杏奈は一泊分の荷物と土産を詰めたキャリーを転がしながら東京駅の構内を歩き、伊吹との待ち合わせ場所に向かっていた。

(普通にすればいいんだよ。伊吹くんだって、実家ではキスしてこないはずだし)

緊張と少しだけ強気な気持ちを抱え、息巻くように人混みの中を闊歩《かっぽ》する。

昨夜、母から送られてきたメッセージには、今夜は日向家とBBQをするといった内容が書かれていた。日向家に招待されているらしいのだ。

吹雪と同じタイミングで帰省するため、少しでも会えたらいいなと思っていたが、両家で一緒に夕食を摂るなら話せる機会は存分にある。

そうなると、伊吹とふたりきりになるのは帰省の往復の間くらいということだ。

いくら彼でも、新幹線や家族の前でなにかしてくるとは思えない。

ここ最近、杏奈は伊吹と会うときは緊張感や警戒心を持っていたが、今日は心なしか余裕があった。

「杏奈」

「伊吹くん、おはよう」

「おはよう。朝食、そこのスープ屋がいいんだよな？」

「うん。期間限定のメニューが食べたくて」

小さなボストンバッグひとつの彼が、さりげなく杏奈のキャリーバッグを持って店に促す。運よく並ばずに席が取れ、ふたりは先にレジで注文を済ませてカウンターでスープセットが載せられたトレーを受け取った。

他愛のない会話を交わし、余裕を持ってホームに向かう。

当たり前にご馳走してくれた伊吹は、新幹線はグリーン席を取ってくれていた。ワゴンサービスこそ終了してしまったが、ゆったりと座席に座れるのは嬉しい。ただ、静岡駅までの一時間ほどのためにグリーン車で過ごすのは、杏奈にとって贅沢である。

「新幹線代、本当にいいの？」

「いいよ。俺のわがままで杏奈にも一泊にしてもらったんだし、これくらいさせて」

そう言われたが、杏奈はそれが口実であることくらいわかっていた。彼はいつだって、杏奈に財布を出させるようなことはないから。

けれど、素直にお礼を言って甘えさせてもらう。

静岡駅までの一時間はあっという間で、在来線に乗り換えて実家の最寄り駅で降り、そこからは杏奈の母の車で実家に向かった。

「伊吹くんがお肉とお酒をたくさん送ってくれたんですって？　『一度に食べ切れないくらいだ』って聞いてるわよ。本当にありがとう」

「いえ、全員が揃うことなんて滅多にありませんし、みんなで食べた方がおいしいですから」

そこでようやく、杏奈は今夜ＢＢＱが開催されることになった経緯を知る。

「こうすれば、杏奈とできるだけ長く一緒にいられるだろ？」

後部座席で隣に座っている伊吹を見れば、彼が杏奈にだけ聞こえるように耳打ちした。

その途端、頬が熱くなった杏奈は、運転中の母に気づかれないように慌てて窓の方に視線をやり、「このあたりも変わったね～」なんて言いながら必死に平静を装おうとしていた。


それぞれの実家に帰った杏奈と伊吹だが、数時間後に日向家で再び顔を合わせた。

日中の気温は高かったものの、日が暮れると心地いい夜風が吹き、庭でＢＢＱをするのにちょうどいい気候だった。

「みんな、たくさん食べてね。お肉も海鮮も野菜もいっぱいあるから」

一家で招待された杏奈たちはお礼を言い、杏奈の母は焼き菓子と酒類を渡していた。

両親たちが午前中のうちに準備してくれていたおかげで、子どもたちはただ食べるだけでいいという至れり尽くせりの状態である。

「杏奈、もっと肉食えば？」

「食べてるよ」

それぞれがBBQに舌鼓を打つ中、吹雪が杏奈の皿に肉を載せた。

「いや、お前は細いんだからもっと食え。って、兄貴が用意した肉だけどな」

「海鮮を用意してくれたのは吹雪くんでしょ？　どっちもおいしいよ」

「そうか。じゃあ、よかった」

杏奈の言葉で、彼が嬉しそうに微笑んだ。

伊吹とは違うが、吹雪もまたイケメンと言われる顔立ちをしている。

切れ長の二重瞼の目、スッと通った鼻梁。凛々しい眉に、引き締まった輪郭。

黒い髪はソフトツーブロックで清潔感があり、一八五センチの鍛えられた筋肉質な体躯はまさに警察官らしい。

真面目で努力家。少し堅物な一面もあるが、そういうところも警察官に向いていると言えるだろう。

吹雪の方がよりクールな顔つきだが、一見するとふたりはよく似ている。性格は伊吹の方が柔和で冗談も言うものの、優しいところはどちらも同じである。

この近所で有名なイケメン兄弟で、バレンタインのときなんてふたりにチョコレートを渡したい女子たちがひっきりなしに家を訪ねてきていた。

「仕事はどう？」

「まあそれなりに忙しいよ。今はキャリアを積むために頑張る時期だから大変なこともあるけど、いい先輩にも出会えたし、充実してる。杏奈は？」

「そっか、吹雪くんらしいね。私も充実してるよ。色々大変なこともあるけど、やっぱりお客様に喜んでもらえたり指名してもらえたりすると、すごくやり甲斐を感じるし」

吹雪に「頑張ってるんだな」と微笑まれた杏奈は、面映ゆさを感じつつも頷いた。

ふと伊吹を見ると、両親たちや翔平と談笑している。リラックスした様子の彼の横顔に、杏奈の鼓動が小さく跳ねた気がした。

「それにしても、伊吹くんは社長で、吹雪くんはキャリア警察官か。どっちかが杏奈をもらってくれたら俺も安心なんだが、ふたりのレベルが高すぎて杏奈じゃダメか～」

「ちょっ……！　お父さん！」

父の戯言に、杏奈がギョッとする。

キャンプ用のライトに照らされた父の顔は真っ赤で、酔っているのはわかる。ただ、そのまま聞き流せる余裕はない杏奈は、「やめてよ！」と慌てて父のもとに駆け寄った。

「なんだよ、いいじゃないか。夢くらい見させてくれよ～」

「もう！　お父さん、飲みすぎだからね！」

動揺したのは、まだ伊吹への気持ちに答えが出ていないせいもあるのだろうか。

「俺は光栄だよ」

そんなことを考える杏奈を余所に、彼が余裕に満ちた笑みを浮かべた。

「ちょっと、伊吹くん！」

赤面する杏奈だったが、杏奈以外のみんなは楽しそうに笑っている。きっと、リップサービスだと受け取ったのだろう。

一方で、伊吹が本気で言っているとわかっている杏奈には、焦りしかなかった。

両親たちの前で彼が杏奈に告白したことを口にすれば、大騒ぎになるに違いない。

「おじさん、飲みすぎじゃない？　水飲んだら？」

すると、杏奈に助け船を出すように吹雪がグラスに水を注ぎ、杏奈の父親に渡した。

「伊吹くんも吹雪くんも優しいなぁ。こんないい男たちなら杏奈には無理か～」

その言葉には大きく頷けるが、早く話題を変えてほしい。

程なくして吹雪の仕事の話になり、杏奈はホッとしたけれど……。杏奈と目が合うと、彼はなぜか不服そうに眉を寄せた。

盛り上がる一方だった中、杏奈は散らかったテーブルを片付けておこうと空き缶を両手で抱えて家の中に入った。

他人の家とはいえ、日向家は勝手知ったる場所。準備や片付けも幾度となく手伝ってきたため、なにがどこにあるのかは把握している。

伊吹の母も、杏奈が一緒にキッチンに立つことをいつも喜んでくれる。そういう関係性から、杏奈はいつもみんなが盛り上がっている間に片付けるように心掛けていた。

「杏奈」

「吹雪くん。あっ、さっきはありがとう。お父さんが変なこと言ってごめんね」

キッチンで空き缶を洗っていると、吹雪がやってきた。眉を下げた杏奈に、彼が「いや」と微笑む。

「それより、明日どこかに出掛けないか？　俺は夜の新幹線で帰るから、時間があるんだ」

「あ、ごめんね。明日はお母さんと買い物に行く約束してて……。それに、私は夕方の新幹線で帰るから、出掛けるほどの時間はないと思う」

杏奈が申し訳なさそうに笑うと、吹雪の眉間に皺が寄った。ちょうど最後の缶を洗った杏奈は、タオルで手を拭いて身体ごと振り向いた。

「もしかして、兄貴にそうしようって言われた？　兄貴から告白されたんだよな？」

杏奈が目を大きく見開く。

なぜ彼がそれを知っているのか……という疑問が浮かんだが、あまりにも真剣な双眸を向けられて言葉が出てこない。

「付き合うのか？」

「……えっ、と……」

思わず俯きそうになったとき、吹雪が長い足を踏み出して杏奈に近づいた。彼は杏奈を壁際に追い詰めると、まるで杏奈を逃がさないと言わんばかりに壁に両手をついた。

壁を背にした杏奈は、突然のことに動揺と困惑を隠せない。

吹雪がなぜこんなことをするのか、そしてなぜ彼の顔に不機嫌な色が浮かんでいるのか、杏奈にはまったくわからなかった。

「あの……吹雪く――」

「杏奈ちゃーん！　片付けなくていいからね～」

不意に、伊吹の母の声が響いた。庭に繋がるガラス戸が開く音がして、伊吹の母がリビングに入ってくる気配を察し、ふたりは弾かれたように離れた。

「いつもありがとう。でも、久しぶりにこっちに帰ってきたんだから、ゆっくりしててね」

動揺を隠しながら「ありがとう」と笑った杏奈は、慌てて庭に戻ろうとする。

ところが、タイミングよくリビングに入ってきた伊吹に手を掴まれ、キッチンで話している伊吹の母と吹雪の目を盗むようにして廊下に連れ出された。

「伊吹くんっ……！　どうしたの？」

「吹雪になにか言われた？」

廊下を少し進んだところで振り返った伊吹に、杏奈は再び動揺を浮かべてしまう。すると、彼は苛立ちを隠さずに小さく舌打ちし、杏奈の手を引いて壁際に押しやった。

「な、なに……？」

兄と弟、それぞれから繰り出された壁ドンに、杏奈の思考は追いつかない。

「杏奈、ちゃんと答えて」

そう言われて吹雪との会話を思い出し、杏奈の頬が熱くなった。

あれこれ考える間もなかったが、そもそもどうして吹雪が伊吹に告白されたことを知っているのか。

杏奈が言っていないのだから、誰から聞いたのかは考えるまでもない。どちらにしても、自分と伊吹のことが吹雪に知られていたという事実に、杏奈は恥ずかしくなった。

「吹雪に告白でもされた？」

「え？　……違うよ！　なんで吹雪くんが私なんか……！」

予想もしていなかった質問に、杏奈はさらに困惑してしまう。

赤らんだ頬がますます熱くなった気がした直後、杏奈の唇に柔らかなものが触れた。

それが伊吹の唇だと気づいたのは、わずか一秒後のこと。すっかり覚えさせられた感触のせいで、一瞬でキスされているのだとわかった。

(誰かに見られたら……！)

けれど、すぐ傍に互いの家族がいるという事実が、杏奈を焦らせる。咄嗟に彼の胸元を押したが、その手はすぐに掴まれ、舌が差し込まれた。

あっという間に捕らえられた舌が、熱い塊にじっくりと舐《ねぶ》られる。逃げようにも強く搦められているせいで、舌を引っ込めることすら叶わない。

ピチャッ……と鳴った水音が、静かな廊下にやけに響く気がした。

「んっ……！　ふぁっ……」

伊吹にキスが気持ちいいものだと教え込まれた杏奈は、身体がじんっ……と痺れて膝が震えそうになったけれど。

「やめっ……！」

どうにか顔を逸らして彼のキスから逃れ、困り顔で色香を纏う瞳を見上げた。

「ひどい……。みんなに見られたらどうするの……？」

「じゃあ、俺の質問に答えて。それとも、言えないような話でもしてたのか？」

抗議の目を向けても、伊吹は飄々《ひょうひょう》としている。このまま口を噤んでいるとまたキスをされる予感がして、杏奈は渋々口を開いた。

「伊吹くんから告白されたこととか……付き合うのかって、訊かれただけで……」

上手く説明できなかったが、どうやら彼は納得したらしい。

「もう戻ろうよ……。みんなに怪しまれるかもしれないし……」

杏奈はホッとしつつ小さく告げ、伊吹に掴まれた手首に視線をやる。ところが、彼のその手は杏奈の腰に回され、やんわりと抱きしめられた。

「俺は怪しまれたいけどな」

目を丸くした杏奈の唇に、楽しげに微笑んだ伊吹の唇が押し当てられた。

そっと重なったあとには軽く食まれて、それを数回繰り返される。杏奈はさきほどとは違う優しいキスに翻弄されて、ついうっとりとした気持ちで受け入れてしまった。

ようやくして唇が解放されても、杏奈の思考はぼんやりとしたままで。無意識のうちに彼の胸元に置いていた手は、上質なシャツをギュッと握っていた。

慌てて手を離せば、伊吹は満足そうに笑って「可愛い」と囁いた。

「からかわないで……。キスだって、こんなところで……」

「からかってないよ。キスは鈍感な杏奈へのお仕置きだ」

「鈍感……？」

きょとんとした杏奈は、一拍置いてその言葉にムッとする。

「なによりも、杏奈が可愛いのが悪い」

「っ……」

「それに、こんなときでも『嫌』とは言わないんだな？」

眇めた目で杏奈の顔を覗き込んでくる伊吹に、杏奈の顔はみるみるうちにこれ以上ないほど真っ赤に染まっていった。

「ほら、戻ろう。みんなに怪しまれたら困るんだろ？　ああ、でも、杏奈は顔の熱を冷ましてから戻った方がいいんじゃないか？」

ふっと唇の端を持ち上げた彼が、杏奈の唇にチュッとくちづける。

「伊吹くんのバカッ……！」

不利すぎる攻防戦に完敗した杏奈は、リビングに戻っていく広い背中に向かって悔し紛れに言い放つことしかできなかった。

## 二　恋心を知ったとき

五月も終わる頃。

更衣室で帰り支度をしている杏奈の唇から、深いため息が漏れた。

今日の仕事も滞りなく進み、売上だって平日にしては決して悪くない。繁忙期や休日に比べると少ないが、それはペルーシュに限らずどの店舗でも同じである。

いつも売上が上位のスタッフだって、今日は杏奈と似たり寄ったりの成績だった。

つまり、杏奈の杞憂はそこではない。

帰省から約半月が経ったのだが、あれ以降は伊吹と会えていない。

出張や度重なる会食などで忙しいらしく、定期的に連絡は来るものの、食事などに誘われることはなかった。

告白されるまでは、特に理由がない限りは月に二度会う程度だった。

杏奈が客に言い寄られて困っていたときには毎日のように送迎してもらっていたが、それ以外だと二週間に一回の頻度で会うのが恒例になっていた。

しかし、告白されて以降、連絡の頻度も会う頻度も増えていたため、半月も顔を見ないことはなかった。ましてや、連絡が数日に一回になることも……。

そのせいか、杏奈は気づけば伊吹のことばかり考えるようになり、そんなときには決まってため息が漏れてしまうようになったのだ。

仕事中は余計なことを考えないように意識しているが、終業時刻を終えて気が抜けると、彼からのメッセージが来ていないことに肩を落としてしまう。

そして、心にぽっかりと穴が空いたような感覚に包まれ、自然とため息が零れた。

「杏奈、もう出れる？」

帰り支度を済ませたところで笑顔を向けてきた芙美に、杏奈は「うん」と小さく頷いた。

今夜は、これから彼女と夕食を食べに行く約束をしている。

明日が休みの芙美から、今日は恋人が飲み会で夕食の支度をしなくていいからと『晩ご飯に付き合ってくれない？』と言われていたのだ。

杏奈の明日のシフトは遅番で、今日は早番。特に予定もなく、時間もある。

帰宅しても伊吹からの連絡がないとまたがっかりしてしまいそうだということもあって、二つ返事で彼女からの誘いを受けた。

「なに食べる？　和洋中だと、どの気分？」

「うーん、和食かな」

「そう言うと思った。杏奈って和食が好きだよね」

「うん。子どもの頃から好きなんだ」

和食の話をしているうちに芙美が「私も和食の口になってきた」と言い出し、手っ取り早く程近い場所にある和食系の居酒屋に入った。

ひとまず、杏奈はウーロン茶、彼女はハイボールを頼み、お通しに箸をつけながらメニューを決めていく。タブレットで早々に注文を終えると、すぐにドリンクが運ばれてきた。

どちらともなく「乾杯」と声を揃え、グラスを合わせせる。仕事で疲れ切った身体と渇いた喉に、よく冷えたウーロン茶が染みた。

「それで？」

「ん？」

意味深な視線を寄越してきた芙美に、杏奈が小首を傾げる。

「最近ため息が多いのはどうして？」

バレていないと思っていた。

伊吹の告白とキスの直後にぼんやりしてしまっていたことを猛省したため、就業時間内はとにかく仕事に集中していたし、いつも以上に笑顔でいることを心掛けていた。

ため息が増えていた自覚はあるが、それは人目につかないタイミングや自宅でのこと。

「気づいてないとでも思った？　杏奈はバレないようにしてたのかもしれないけど、昨日も今日も更衣室に入ってから出るまでに何回もため息ついてたよ？」

しまった……と思ったものの、もう遅い。

ただ、仕事に支障をきたしたわけではないことには安堵した。

「で？　どうせ伊吹さん絡みでしょ？　帰省でなにかあった？」

ポテトをひょいっと口に放り込んだ彼女には、なにもかも見透かされている気がする。杏奈はそんな風に思いながらも、「まあ……」ともごもごと答えた。

「帰省でなにかあったっていうか、こっちに帰ってきてからなにもないっていうか……」

「なにもないって？　伊吹さんと会ったり連絡したりしてないってこと？」

「連絡は来るかな。三日に一回くらいだけど、メッセージはくれるよ。でも、電話はしてないし、会ってないんだ」

「でも、帰省したのってゴールデンウィーク明けだったよね？　それなら、会ってないのって二週間くらいのことだし、別に普通でしょ」

「そりゃあ、まあ……そうなんだけど……」

杏奈が喉も渇いていないのにグラスに口をつけてしまったのは、ここのところずっと抱いている寂しさを隠すためだったのかもしれない。

けれど、ウーロン茶と一緒に流したかった感情だけが喉元で残っている気がした。

「わかった！　杏奈、伊吹さんと会えなくて寂しいんだ？」

「……そう、かも」

一瞬ためらって、ぽつりと零した。

曖昧な答え方をしてしまったが、図星だというのはわかっていた。

(そっか……。私、寂しかったんだ)

二週間ほど会わないことくらい、昔は普通だった。

上京してきてからしばらくは、むしろそれが当たり前で。伊吹の顔を見られないのは、普通のことだった。

電話やメッセージだって、別に以前と同じくらいの頻度である。どれもここ最近増えていただけで、よく考えれば前の状態に戻っただけ。

それなのに、ため息が漏れるのは……芙美の言う通り、きっと寂しいから。

彼に会えないことはもちろん、声すら聞けていない。

少し前までは当たり前だったことのはずなのに、ほんの二か月弱の日々で杏奈にとって伊吹の存在が急激に大きくなっていたのだ。

「もう恋じゃん」

苦笑とともに、呆れた声が飛んでくる。

杏奈の中にある伊吹に対する感覚が恋だと、自覚させられてしまった。

突然の告白。度重なるキスに、強引な独占欲。

それらに困っていたのは事実なのに、彼とたった二週間会えないだけでため息が増え、いつの間にか寂しさすら覚えていた。

上京してきた当時、慣れない一人暮らしに急に寂しくなることもあったが、そのときよりも今の方がずっと心細いような気さえしてくる。

自分の気持ちを実感した直後、杏奈の顔が急激に熱くなった。

「そうと決まれば告白ね！」

「えっ⁉」

「なに驚いてるのよ？　相手の告白に返事をしてないんだから、自分も好きだってわかったならさっさと返事しなきゃ」

「でも、ちょっと時間が欲しいっていうか……！　まだ頭がついていかないから……」

「いやいや、なに言ってるの？　善は急げよ！」

「で、でも……」

たじろぐ杏奈に、彼女がにっこりと微笑む。

「伊吹さんがその辺の女に奪われても知らないよ？」

「へ？」

「恋愛は動いた者勝ちなの。うかうかしてると他の女に奪われるよ？　いい男がいつまでも自分に夢中でいてくれるなんて思ってたら、大間違いだからね？」

痛いところを突かれて、杏奈は急に不安になってくる。

「そんなこと思ってないけど……」

「どうだか。杏奈は伊吹さんに可愛がられてきたから、現実が見えてないんだよ」

伊吹に可愛がってもらってきた自覚はあるが、それを当たり前だと思ったことはない。

「職場や出張先で出会った女性が、伊吹さんを口説くかもしれない。仕事ができる男の周りにいい女が集まってくるのは、世の必然なの。幼なじみっていう特別なポジションに胡坐《あぐら》をかいてるうちに、そういう女たちに持っていかれるかもしれないんだから」

けれど、芙美の厳しい言葉は、杏奈の中に芽生えた不安をあっという間に大きくさせた。

(そういえば、伊吹くんの職場ってどれくらい女性がいるんだろう……。秘書は男性だって聞いたことはあるけど、伊吹くんはひなたにも顔を出すし、女性スタッフもいるよね。それに、取引先や出張先に女性がいたっておかしくないんだ……)

「わかったら、できない理由ばっかり並べてないで一刻も早く行動すること！　いい？」

杏奈が芙美の勢いに押されて頷くと、彼女が満足げに笑った。

帰宅した杏奈は、どうにも落ち着かなかった。

伊吹は今、出張で京都にいるはずだ。昨日のメッセージでそう聞いているし、帰ってくるのが明日だというのも教えてくれた。

(もしかしたら、そこに女性がいるかもしれないんだよね……)

社員、取引先、滞在先のホテルやレストラン。至るところに素敵な女性はいるだろう。今までも伊吹はモテていたし、どこにいても女性からの注目を浴びていた。ただ、杏奈にとってそれは当たり前の光景で、不安を感じるようなことはなかった。

ところが、今はよくない想像が脳内をグルグルと駆け巡り、ちっとも落ち着かない。嫌な予感が膨らむばかりで、居ても立ってもいられなかった。

今夜も彼からの連絡はなく、まるで不安を煽られている気がしてくる。

しばらくスマホを見つめていた杏奈だったが、半ば勢いで発信ボタンをタップした。

無機質なコール音のせいか、ソワソワしてしまう。

『もしもし、杏奈？』

緊張までしてきた頃、電話越しに伊吹の声が聞こえてきた。

いつも通りの声音と、杏奈を呼ぶ声。それだけで安堵感に包まれる。

「あっ……うん。いきなり電話してごめんね」

『いや、嬉しいよ。どうした？』

さらりと喜びを伝えてくれたことに、自然と心が弾む。けれど、彼からの質問にはどう答えればいいのかわからなかった。

「えっと……」

言葉を探すための沈黙が、重く感じる。多忙な伊吹を煩わせることを申し訳なく思うのに、電話をした理由も自身の中にある感情も伝えられない。

『杏奈から連絡くれるの、久しぶりだな』

「え？　……そうだっけ？」

少し考えて、首を傾げてしまう。確かに電話はしていないが、メッセージはしていた。

『ああ、そうだよ。俺が告白してから、杏奈は電話もメッセージもくれなくなった。俺から送れば、返事はくれるけど』

そうかもしれないと思ったとき、『だから、電話をくれて嬉しいよ』と言われた。

胸の奥がキュンと戦慄く。

その理由をもう知っている杏奈は、思い切って口火を切った。

「あの……出張から帰ってきたら会えないかな？　忙しいと思うけど、ちょっとでもいいの」

精一杯の誘い文句だった。

上手く伝わったかはわからないが、彼にしては珍しく反応が遅い。

そのことに不安が芽生え、やっぱり言わない方がよかったのかもしれないと感じたとき、答えが返ってきた。

『いいよ。明日の夕方には帰るから、夜に会おうか。一緒にご飯を食べよう』

「いいの？　伊吹くん、疲れてない？」

『杏奈に会えるなら平気だ』

恥ずかしげもなく言われて、ドキドキしてしまう。

まだ仕事先にいるらしかった伊吹は、『また明日連絡するよ』と告げて電話を切った。

彼の都合を訊かずに話し始めてしまったことに後悔と反省をしながらも、二週間ぶりに会える喜びの方がずっと大きくて頬が綻んでしまう。

杏奈はバスルームに飛び込むと、湯船でマッサージをしながら半身浴に勤しみ、お風呂から上がったあとはとっておきのフェイスマスクで念入りにスキンケアをした。

翌日、杏奈は仕事が終わるのが待ち遠しくて仕方がなかった。

終業後はお気に入りのワンピースに着替え、しっかりとメイクを直した。今日は芙美がいないため、同僚たちに断りを入れて先に更衣室を出る。

待ち合わせ場所に向かいながら、とにかく不安と緊張でいっぱいだった。

その理由は、これから伊吹に告白をするつもりだから。

昨日の芙美の助言が、頭から離れなくて……。なによりも時間が経てば決心が鈍りそうで、勢いだけで自分の想いを伝えようと決めたのだ。

(でも、なんて言えばいいのかわからないんだよね……)

昨夜はなかなか眠れず、どう伝えようか、タイミングはいつにしようか……などと考えているうちに空が白み始めてしまった。

挙げ句、思考は纏まらないまま、彼との待ち合わせ時間が迫っている。

歩きながら深呼吸を繰り返し、丸の内のロータリーで足を止めた。

「杏奈」

程なくしてロータリーに入ってきた車が杏奈の前で停まり、窓から伊吹が顔を覗かせた。

「伊吹くん!」

杏奈は急いで駆け寄り、助手席に乗り込む。

慣れているはずの行動なのに、車内に入った途端に緊張感が大きくなった。

「悪い。待った?」

「ううん、今来たところだよ」

左側にいる伊吹に笑みを向けるが、どうにも頬が引き攣《つ》っている感じがする。そんな杏奈を余所に、彼が「いつもの店を取ってるから」と言って車を走らせた。

奇しくも、そこは伊吹に告白された店である。『いつもの店』でわかるとはいえ、毎回そこに行くわけではなく、訪れるのはワンシーズンに一回ほどのこと。

しかも、先月行ったばかりだったため、本当に偶然だ。そういう理由から、杏奈は少しだけ運命的なものを感じて、小さな勇気が湧いてきた。

料理を楽しみながら交わす会話は、他愛のないものばかりだった。

会っていなかった二週間、なにをしていたか、仕事はどうだったか。そんないつも通りの話しかしていないのに、今日は上手く話せている気がしない。

「それでね……えっと、昨日は芙美と晩ご飯を食べに行ったんだけど、そこで食べた揚げ出し豆腐がおいしくて。あ、でも、前にここで食べた揚げ出し豆腐には敵わないんだけど」

それでも、彼は楽しそうに相槌を打ってくれる。そんなことに嬉しくなって、優しく微笑まれるたびに胸の奥が高鳴った。

「ああ、そうだ。これ、京都のお土産」

「ありがとう。中、見てもいい？」

頷いた伊吹の前で、紙袋に入っているものを出していく。

京都の舞妓に人気のコスメ、抹茶のチョコレート、八つ橋。食べ物は一人暮らしの杏奈でも食べ切れるように配慮してくれたのか、ちょうどいいサイズ感だった。

「このコスメ、可愛いね。ＳＮＳで見たことがあって、気になってたの」

「使ってみて気に入れば、次に京都に行くときにまた買ってくるよ。近いうちにまた行く予定だから、いつでも言って」

「ありがとう。お菓子もおいしそうだし、食べるのが楽しみだよ」

笑顔を見せたあとで、ふと不安が過る。

京都出張に同行したのは、誰だったのか。向こうでは、女性もいたのだろうか。

昨日気になったことをまた考えてしまい、杏奈の顔から笑みが消えた。

「杏奈?」

今日は本当にダメだ。

告白するはずだったのに、他愛のない会話ですら上手くできていた気がしない。

その上、彼の出張中の状況が気になって、きちんと笑えない。

「なにかあった?」

けれど、心配してくれる伊吹には素直な理由を言えなくて、曖昧に微笑んだ。

「ううん。なにもないよ」

「もしかして体調が悪いんじゃないか?」

「え?」

「今日は遅番だったし、疲れもあるだろ。そろそろ帰ろう」

そんな杏奈を見て、彼は杏奈が疲れていると思ったらしい。早々に立ち上がり、店から出ようと促してきた。

(そんな……)

告白はまだできていない。

それ以前に、いつも以上に短い時間しか一緒にいられなかったことが残念で仕方がない。

せっかく二週間ぶりに伊吹に会えたというのに……。

ただ、本音を打ち明けられない杏奈は、彼の言う通りに腰を上げることしかできなかった。

帰りの車内では、伊吹がスーツのジャケットを膝にかけてくれた。杏奈が慌てて遠慮すると、彼が「身体を冷やさない方がいいから」と優しく制した。

(やっぱり伊吹くんは優しいな……。でも、他の人にもこんな風にするのかな?)

男性相手ならともかく、もし伊吹が女性にも杏奈と同じように接していたとしたら……。

相手をエスコートして助手席に乗せ、仕立てた高級スーツを当たり前のように膝にかけ、優しく微笑んでいたのだとしたら……。

きっと、女性たちは心を奪われてしまうだろう。

自分だけが特別だなんて思っていたわけではない。けれど、こうして甘やかされてきた杏奈にとって、彼がどれだけ優しくて気遣いができるのかはよく知っている。

これまでなら、伊吹の優しさをありがたいと感じても、ときめくようなことはなかった。兄に甘えるように、素直に受け入れるだけだった。

ところが、彼が恋愛対象に見えた途端、普段通りの言動にすらドキドキしてしまう。

そして、伊吹の周りにいる女性たちの気持ちがよくわかった気がして、それがさらに杏奈の不安を煽った。

ぼんやりと考え込んでいると、いつの間にか彼に顔を覗き込まれていた。

「杏奈？　着いたよ」

「あっ、うん……。送ってくれてありがとう」

ジャケットを返してもう一度お礼を告げ、シートベルトを外す。

いつもなら、とっくに一回くらいキスをしているはず。家まで送ってくれるまでの道中や信号待ち、車から降りるとき、たまには店の個室でこっそりと。

伊吹は、いつもそんな風に杏奈の唇を奪ってくる。

ところが、今夜の彼はキスどころか触れてすらこない。普段と違う態度に、杏奈の中にもやもやとしたものが芽生えてきた。

(もしかして、出張中に気になる人でもできた……？)

負の感情というのは厄介で、一度悪い方向に走り出すと止まらない。

(そりゃあ、伊吹くんは優しくて誠実だけど、人の気持ちなんて変わるし……。私、ずっと返事をしないままだし……)

ろくなことを考えないとわかっていても、思考が勝手にマイナスなことばかり思い浮かべてしまう。

「杏奈？　気分でも悪いのか？」

「きょっ……！　今日は、しないの……？」

色気のない訊き方に、高熱を出したときのように熱い頬。子どもっぽい態度だとわかっているが、杏奈はそうするだけで精一杯だった。

一瞬目を見開いた伊吹が、程なくしてふっと唇の端だけを持ち上げる。

「杏奈はしたいの？」

とても意地悪な問い方だと思った。質問しながらも、彼はきっと答えをわかっていて、杏奈の気持ちすら見透かしている。

余裕のない杏奈にとって、その歴然とした差が悔しくもあった。

それなのに、杏奈は小さく頷いてしまった。ともすれば見落とすほど微かな首の振り方だったが、伊吹がそれを見逃すはずがない。

直後、彼の目がさきほどよりもずっと丸くなった。

「っ……。だって、伊吹くんのせいだよ！」

急激に大きくなった羞恥心が、杏奈にそんなことを言わせる。

「伊吹くんが、会うたびにキスばっかりするから……！」

とんだ責任転嫁だとわかっている。それでも、杏奈がこうなったのは、伊吹の甘いキスのせいなのは間違いない。

「たった二週間会えないだけで、どんどん寂しくなって……。そしたら、この気持ちが恋だってわかって——っ！」

そんな気持ちで捲し立てていると、驚きの表情でいた彼が杏奈の唇を塞いだ。

まるで噛みつくような、強引なキス。

重なった唇が強く押し当てられたかと思うと、運転席側のシートベルトが外れる音がして、杏奈の後頭部がグッと押さえられた。

「んんっ……！」

舌で割り開かれた唇の隙間から、熱い塊が押し入ってくる。すぐに舌が捕らえられ、彼の舌が杏奈の弱い部分を責めるようにうごめいた。

気持ちよくて、けれどいつにも増した強引さに上手く呼吸ができない。

そんな中、杏奈の後頭部を押さえたままの伊吹の左手と、背中に回された大きな右手が微かに震えていた。

「杏奈」

甘い声で呼ばれて胸の奥が高鳴り、「夢みたいだ」と感嘆交じりに囁かれて心が戦慄く。

抱きしめられているだけで嬉しくて、けれど喜びや羞恥が大きすぎて、どうにかなってしまいそうだった。

しばらくして身体が離されると、急激に寂しくなったほど。

「今夜はこのまま帰さないことにした」

ところが、そんなことを言い出した伊吹に瞠目してしまう。

「いいよな？」

杏奈は突然のことに驚きながらも、彼の真っ直ぐな瞳に吸い込まれるように頷いていた。

## 三　恋人のキス

品川駅から程近い、二十三階建てのタワーマンション。

駐車場に車を停めてエントランスを抜ければ、花崗岩《かこうがん》が敷かれたギャラリーに続いていた。

左側にある大きな窓と吹き抜けの天井からは、外のガーデンスペースが見える。夜でなければ、青空と緑が広がる爽やかな景観だったのだろう。

コンシェルジュが常駐している広々としたコモンスペースを通りすぎ、高速エレベーターで上がった十九階に伊吹の部屋があった。

彼の家に杏奈が足を踏み入れるのは、初めてだった。

立地や間取りが2LDKであることは教えてもらったことはあるが、『家を見てみたい』と言った杏奈に、伊吹は『男の家に上がりたいなんて言うんじゃない』と苦笑を零したから。

彼にそう言われてからというもの、杏奈がそれを口にすることはなかった。

そして、伊吹にたしなめられた理由は今ならわかる。きっと、彼が杏奈の家に入らなかったのと同じ理由だ……と。

そのことに気づいていたからこそ、ここに来るまでに会話らしい会話はなかった。

「入って」

「うん……。お邪魔します」

玄関のドアが開けられると、備えつけの大きなシューズボックスと広い廊下が杏奈の視界に入ってきた。

杏奈は気後れしながらも中に入り、どうしたものかと振り返る。

刹那、伊吹が杏奈を抱き寄せ、髪に右手を差し込みながらくちづけてきた。

押し当てられる唇が熱くて、彼の体温が伝わってくる。吐息が触れるのを感じながらも受け入れたキスからは、蜜欲が伝わってきた。

「待って……。せめて、シャワーを……」

けれど、なにもかもが初めての杏奈は、咄嗟に伊吹の胸元を押し返す。ところが、彼はその手を優しく掴むと、熱を帯びた眼差しで杏奈を見つめた。

「もう待てない」

「っ、で、でも……きゃっ！」

言い終わるのを待たずに、伊吹が杏奈を軽々と抱き上げる。彼は、まるで杏奈の声なんて聞こえていないと言わんばかりに玄関を上がり、右手のドアを開けた。

センサーライトが点き、杏奈の視界にクイーンサイズのベッドが入ってくる。ここが寝室だと理解するよりも早く、ベッドの上に下ろされた。

「伊吹くん、靴……！」

焦った杏奈のパンプスを、伊吹が奪い取るように脱がせる。片方ずつ小さな音を立てて、フローリングに落とされていった。

「俺のこと、好きになってくれた？」

杏奈がどうにか半身を起こせば、杏奈に覆い被さるようにしてきた彼の視線が刺さる。

照れくさくて上手く声を出せなかった杏奈が頷くと、伊吹が眉をわずかに下げた。

「ちゃんと言葉にして。杏奈の声で、杏奈の気持ちが聞きたい」

懇願するような声音なのにどこか甘くて、低い囁きにくすぐられた鼓膜が痺れた。

同時に、胸の奥がキュンと高鳴った。

声にするのは恥ずかしい。それでも、彼の願いなら叶えたい。

杏奈は息を小さく吐くと、視線をわずかに伏せながらも口を開いた。

「好き……。伊吹くんのことが、好きだよ……」

震えそうな声が、静かな部屋に落ちていく。

「やばい……。感動で泣きそうだ」

すると、伊吹の噛みしめるような声音が降ってきた。

顔を上げた杏奈の視界に飛び込んできたのは、美しく整った顔。けれど、今はどこか歪んでいるようにも見え、本当に泣いてしまうのではないかと思えた。

それでもなお、艶麗な表情にドキリとして、杏奈は無意識に息を呑む。

「ねぇ……」

嬉しくて、苦しいくらいドキドキしているのに……。

「伊吹くんは？」

まだ不安を拭い切れない杏奈は、彼の心が知りたくて真っ直ぐな双眸を見つめた。

「何度も伝えてるのに、まだわからない？」

困ったような微笑を向けられ、杏奈は唇を一瞬噛みしめてしまう。

「だって……会わない間に伊吹くんに他に気になる人ができてるかもって、不安で……」

目を見開いた伊吹が、すぐに小さく噴き出す。

「可愛い」

そして、喜びを隠すことなく破顔した。

「俺は、もうずっと前から杏奈しか見てないよ」

真摯な瞳で紡がれた言葉に、杏奈の胸が詰まった。

込み上げてくる甘い感覚も好きという感情も、上手く言葉にできない。

けれど、近づいてくる端正な顔を見つめていた目を閉じれば、直後に重なった唇から愛おしさが広がっていった。

触れるだけのキスを、数回繰り返す。

触れて、離れて、また触れ合わせて。離れることを惜しむようなくちづけは、戯れのようでいて確実に欲をぶつけられている。

甘い熱が伝わってきて、杏奈は伊吹に求められているということをひしひしと感じていた。

ようやく顔が離れたときには、唇だけが妙に熱を持っているように思えたほど。

そのときには、杏奈の身体はベッドに寝かされていた。

「伊吹くん……」

「ん？」

「なんだかくすぐったいね」

ほんの少し前までは、ただの幼なじみだった。伊吹の告白で関係性が変わり始めていたとしても、ふたりの関係を表現するのなら〝幼なじみ〟というのが正しかっただろう。

けれど、今は違う。

「ああ。今夜から、俺たちは恋人だからな」

確かめるように、噛みしめるように。そんな風に零された言葉に、杏奈が笑みを浮かべる。

照れくさいのにとても嬉しくて、心がむずむずしてくすぐったくて。それ以上に、温かくて幸せな空気に包まれている。

見つめ合ったのが合図だったかのごとく、再びふたりの唇が重なった。

唇を食まれた杏奈が、たどたどしくも彼の真似をする。

柔らかな唇を自身のそれでやんわりと挟み、離してはまた食んで。そして、甘噛みするように啄まれ、唇が触れ合うような距離で止まった。

「杏奈、口を開けて」

たじろいだ杏奈に、伊吹がふっと笑う。

「言っておくけど、今夜はもう手加減しないから。今までは杏奈を怖がらせないようにギリギリを攻めてたけど、もう遠慮だってしない」

「あれで手加減と遠慮してたの……？」

彼の言い分を信じられない杏奈が疑いの目で返せば、困り顔で額をこつんとぶつけられた。

「してたよ。だって、杏奈に嫌われたくなかったからな」

杏奈が伊吹を嫌うなんてありえない。杏奈はそう思う一方で、共感もした。

だって、恋心を知ったからこそ芽生える不安には覚えがある。彼もそんな気持ちだったのかもしれない……と思うと、急速に心の距離が近づいた気がした。

「でも、今夜からは恋人のキスをする」

ふと、伊吹の表情が真剣なものになる。

「今までよりももっと、甘くて深くて激しくて、お互いが溶け合うようなキスがしたい」

それでいて、雄の情欲を隠さない瞳と言葉に、杏奈の背筋がぞくりと粟立った。

この先は未知すぎて、どう振る舞えばいいのかわからない。

不安も恐怖もない、なんて言えない。

しかし、彼を心から信頼している杏奈は、恥じらいながらも頷いた。

「うん……。私も、伊吹くんと恋人のキスがしたい」

同じ気持ちであることを伝えると、唇が塞がれる。次の瞬間には伊吹の舌が杏奈の口腔に入り込み、我が物顔で動き出した。

歯列をゆっくりとたどり、上顎をくすぐるように這い、じっくりとうごめく。舌を捕らえられると、執拗にこすり合わせるようにして搦められていった。

その間に髪を撫でていた手が下りてきて、杏奈の首筋にそっと触れた。

「っ、ぁ……」

くすぐったいのに、それだけではない。気持ちいいわけではないと思うのに、下腹部がじんわりと熱くなっていく。

「好きだよ、杏奈」

知らない感覚に戸惑いが大きくなりかけたとき、唇を離した彼の囁きが鼓膜を揺らした。

「大丈夫。杏奈が怖がることはしないから」

安心できる声音が、杏奈の不安と恐怖を和らげてくれる。

「俺のことだけ考えて、俺に身を委ねていて」

羞恥心だけは消えなかったが、伊吹の目を見れば自分のすべてを預けたいと思えた。

「うん……」

「えらいな」

言いながら首筋に唇を寄せた彼が、杏奈の背中とベッドの間に手を入れる。なにをするのかと杏奈が考えるよりも先に、ワンピースのファスナーが下ろされた。

一瞬、身を強張らせた杏奈だが、伊吹を見れば視線がぶつかった。その目は熱を帯びているのに優しくもあって、杏奈は身の置き場がないような気持ちで唇を噛みしめてしまった。

「こら、噛むなよ。跡が残ったらどうするんだ」

たしなめるような口調なのに、杏奈の唇に与えられたキスは壊れ物を扱うようだった。優しいくちづけが心地よくて、杏奈はうっとりと瞼を下ろしていく。

そのうち舌先でツンと突かれて口を開けば、再び口内に彼の舌が入ってきた。

今度は、杏奈も自ら舌をわずかに伸ばす。すると、すぐに絡み合い、互いの唾液を交換するように舌をこすり合わせられた。

いつの間にか剥き出しになっていた肩口に、伊吹の手が触れている。

少しずつワンピースが下ろされていき、上半身にはキャミソールだけが残る。彼はそっと裾から手を入れると、唇を離して腹部をやんわりと撫でた。

「これも脱がせるから、ばんざいして」

大きな手がキャミソールを捲っていく光景にドキドキさせられながらも、杏奈は言われた通りに両手を上げ、伊吹の行動に身を任せた。

杏奈のたわわな胸元があらわになる。

バラがデザインされたレースがあしらわれたパステルブルーのブラに包まれているのは、白く柔らかそうな双丘。

伊吹の痛いくらいの視線が、そこに注がれた。

「あんまり見ないで……」

じっと見つめられて、顔から火が出るかと思うほど恥ずかしくなる。

「無理だ……」

けれど、彼はうっとりとしたような吐息を零し、きっぱりと言い切った。

「ずっと見たいと思ってたんだ。今夜は杏奈の身体を隅々まで見せてもらう」

いつだって大人な伊吹らしくない余裕を失くした声音が落とされ、杏奈は反射的に両手を交差させて胸元を隠した。

「そんなことしたってどうせ全部脱がせるんだから、潔く諦めた方がいい」

楽しげに持ち上げられた唇が、意地悪く弧《こ》を描く。その直後、彼が杏奈の両手を取り、顔の横に縫い留めた。

「やだっ……！　恥ずかしいから、待って……」

思わず浮かんだ涙が、杏奈の視界を滲ませる。すると、伊吹は困ったように微笑み、身体を重ねるように体重をかけた。

「恥ずかしがらなくていい。俺だって、余裕なんてないから」

太ももに硬いものが当たり、グッと押しつけられる。

「え……？　……っ！」

杏奈が少しの時間をかけてその正体を察したとき、顔が沸騰しそうなほどの熱に包まれた。

（これって……伊吹くんの……？）

その感触が男性のそれだと気づき、杏奈の思考と表情は動揺でいっぱいになる。

見たことも触れたこともない、未知のもの。いくら彼の身体の一部とはいえ、硬く逞しくも思えるその形は布越しでも杏奈を怯ませた。

「大丈夫。できるだけ痛くしないように、ちゃんと時間をかけて解すから」

言葉こそ優しいが、その声はわずかに上《うわ》ずっている。伊吹の興奮と欲をまざまざと感じた杏奈だったが、不意に落とされたキスを受け入れていた。

同時に両手が自由になったことに気づいたが、彼の右手が杏奈の髪を優しく撫でるものだから、ついうっとりと瞼を閉じてしまう。

次の瞬間、大きな手が豊満な乳房に触れた。

「あっ……！」

杏奈は反射的に身を強張らせたが、伊吹が唇を数回重ねてくる。

「怖くない。杏奈を気持ちよくするだけだ。な？」

そして、あやすような低い声音とともに、骨ばった左手が白い膨らみを揉み始めた。

最初は、やんわりと。優しく触れては軽く力を込め、下から持ち上げたり円を描くようにしたりと、大事なものを扱うような行為が繰り返される。

杏奈にとって、気持ちいいと感じるよりも羞恥の方が遥かに大きかったけれど……。

「あんっ！」

ブラ越しに小さな果実がこすられた瞬間、自分でも驚くほど甘い声が飛び出した。

髪を撫でていた伊吹の手が背中に回り、ホックが外される。あまりにも一瞬のことで、杏奈はなにをされたのか気づくよりも先に胸元がラクになったのを感じた。

「綺麗だ」

歓喜に満ちたような声に、杏奈の顔がさらに赤くなる。顔が沸騰しているのではないかと思うほど熱くて、今すぐに彼の視界を覆いたくなった。

中途半端に脱がされたワンピースをウエストあたりで残したまま、ブラが抜き取られる。上半身を隠すものはなにもなくなり、杏奈は急激に心許《こころもと》ないような感覚に包まれた。

けれど、不安を覚える間もなく、伊吹の手が再びたわわな双丘に置かれる。肌に直接触れられたことによって、杏奈の身体がわずかに強張った。

ところが、節くれだった指が突起をかすめた瞬間、背中を軽く仰け反らせてしまった。

「あっ……！」

ふたつの尖りを同時に転がされ、そこから妙な感覚が走り抜ける。くすぐったさのような、気持ちよさのような、曖昧なものだった。

下着を着けるときや体を洗うとき、自分の手が触れてもなにも感じないのに、彼に捏《こ》ねられると次第に背中がゾクゾクと粟立っていく。

ゆっくりと這い上がってくる知らない刺激に、杏奈が眉根を寄せた。

すると、優しく愛撫をしていた伊吹が、胸の飾りをキュッと摘まみ上げた。

「やっ、ぁ」

じぃん……と、甘い痺れが広がっていく。痛みはなかったが、クリクリといじくられるとたまらない気持ちになって、両膝をすり合わせてしまう。

「杏奈は少し強めに弄るのが好きなんだな。こうして摘まむと、すぐに硬くなった」

そんな杏奈を見て、彼がニッと唇の端を持ち上げた。

「知らなっ……」

クスッと笑われて、羞恥心が大きくなる。辱めを受けているような気分にさせられ、杏奈の視界がますます涙で歪んだ。

「そんな顔してもやめてあげないよ。むしろ、杏奈のそういう表情はそそられるな。もっと感じさせたくなる」

言うが早く、伊吹が胸の粒に唇を寄せる。杏奈が目を見開いたときには、先端が彼の口腔に飲み込まれていた。

「あんっ……」

ちゅぱっと吸いつくようにされ、そのまま根元を舌でたどり、ぐるりと周囲を舐める。かと思えば、下から持ち上げるように舌を這わされ、歯を優しく立てられた。

痛くはないが、身体がじくじくと疼く。熱が膨らんでいくようで、どうすればいいのかわからないのに、どこかもどかしいような感覚にも包まれていた。

杏奈の唇からは吐息が漏れ、合間に甘えたような声も零れていく。恥ずかしくてたまらないのに、自分では止められなかった。

「杏奈、可愛い。もっと乱れて」

彼の熱い呼気が肌にかかる。杏奈はそれだけでゾクゾクして、声が上ずってしまった。

「すごく硬くなったな。真っ赤になって、もっとおいしそうになった」

小さく柔らかかった薄桃色の花粒には、すっかり芯が通ったように尖っている。熟れた果実のように赤く色づき、ツンと天を仰ぐ様《さま》は、淫靡でいじらしかった。

「も、やだっ……」

「ダメ。もっと感じる杏奈が見たい」

声音は優しいのに、返ってくる言葉はちっとも優しくない。意地悪で、淫蕩で、杏奈の羞恥心を煽るばかりである。

恥ずかしさと快感に悶える杏奈に反し、伊吹は嬉々として責め続ける。

唇と舌で右側の果実を愛で、指先や指の腹でもう片方の尖りを転がしては、杏奈をゆっくりと追い詰めていく。

杏奈の身体はいつしかそれを喜悦だと捉え、甘い痺れを与えられるたびに子宮が疼くのを感じていた。

不意に、彼の手によって中途半端に身体を覆っていたワンピースが抜き取られ、ストッキングにも手がかけられる。杏奈がハッとしたときには、薄い布が一気に剥がれた。

ショーツ一枚しか残っていない身体に、鋭い視線が突き刺さる。そこに込められたものが激しい劣情であることは、さすがの杏奈にも理解できていた。

「見ないでって、さっきも……」

「今夜は杏奈の身体を隅々まで見せてもらう、ってさっきも言った」

すかさず言い返されて、杏奈は眉を下げてしまう。その直後、膝の裏を掬うようにして両脚を広げられた。

「やっ……！」

「大丈夫、杏奈は全部可愛いよ」

こんなときなのに柔和な笑みを浮かべた伊吹が、杏奈をなだめるように優しいキスをする。

（ずるい……）

声も出なかった杏奈が心の中で呟いた直後、彼の手が太ももをたどって内ももを撫でた。反射的に杏奈の腰が跳ねたが、伊吹は微笑を湛えたままショーツの上からあわいに触れる。

「……ッ、ひぁっ」

指の腹がツツッ……とそこをなぞり上げ、小さな粒を軽く押すと、杏奈の腰が仰け反った。

杏奈にとって、それは今まで感じた中で一番強烈な感覚だったかもしれない。布越しだというのに、上半身を触られていたときとは比べ物にならないほどの鋭利な刺激だった。

「やだっ……！　なんかこわい……」

杏奈が思わず脚を閉じようとするが、彼がそれを許すはずがない。ますます脚を大きく開かれてしまい、膝裏からがっちりと固定するように掴まれた。

「怖くない。杏奈の身体が気持ちよくなろうとしてるだけだから」

言い終わる前に、再びさきほどの一点に指が触れる。それだけで四肢をびくつかせた杏奈に、伊吹が唇の端を持ち上げた。

「んっ、あぁっ……！」

布ごとゆっくりとこすられているだけなのに、電流のような痺れが駆け抜けていく。身体に勝手に力が入り、声を殺そうと唇を噛みしめれば息が詰まった。

彼が困ったように眉を下げ、そっとのしかかって杏奈の唇にくちづける。杏奈の力が一瞬緩むと、布越しに動いていた右手の指がすかさずショーツをずらし、直に触れた。

「ひゃぁっ……」

鋭利だった快楽が、さらに鋭いものとなって杏奈を襲う。

伊吹は杏奈に触れるだけのキスを丁寧に繰り返しながら、まだ初心な花芽を軽くこすった。

上下に優しく、ときに少しだけ力を入れて。蜜口に滲み出てきた雫を掬ってはまた花粒を捕らえ、ゆっくりじっくりと撫でていく。

そのうち指の腹でクルクルと回すように転がされるようになると、杏奈は甘ったるい声を上げながら首を横に振った。

「やぁっ……アッ、あぅ……っ、あぁっ……」

杏奈を責め立てる彼が、うっすらと笑みを浮かべる。

「ここも硬くなってきた。もう少しでイけるんじゃないか」

「あっ、やっ……！　わかんなっ……！」

杏奈がイヤイヤをするように首を横に振るが、伊吹に捕まったままの身体は思うように動かせない。

全身に溜まっていく熱と悦楽を持て余す杏奈に、彼は満足げに唇の端を持ち上げる。自分の身体の中でなにかが弾けてしまいそうな予感がして、杏奈は急に怖くなった。

「伊吹くん……こわい、ぁっ……」

愉悦に塗《まみ》れた瞳は、涙で濡れている。その目で必死に訴えたが、伊吹は苦笑を零した。

「だから、その顔は逆効果だ。それに、もっと気持ちよくなるだけだから怖くないよ」

彼の指がぬかるみから蜜を掬い取り、突起に塗りつけるように捏ね回す。苛烈になった刺激に喉を仰け反らせた杏奈の閉じた瞼の裏が、チカチカと光った。

膨らみすぎた風船のように、なにかが弾ける予感がする。

直後、伊吹が蜜芽をグリッ……と押し潰した。

「ひっ……!? ゃ、あああぁぁぁっ……!」

強烈な法悦に呑み込まれ、杏奈の全身がのたうつがごとくビクビクと震える。指先まで跳ねるようだった身体に力が入り、程なくして弛緩した。

「上手にイけたな」

いい子だ、と優しい声が降ってくる。芽生えていた恐怖心は消え、杏奈の身体には快感の余韻だけが残っていた。

杏奈は、伊吹の言葉で自身が達したのだと理解し、思考が冷静になるにつれて羞恥が込み上げてきた。

(今のが、イくってことなんだ……)

曖昧な知識でしかなかったものを経験したことで、身の置き場がないような気持ちになってくる。けれど、杏奈を見つめる彼が嬉しそうにしていて、幸福感にも包まれた。

「杏奈、挿れるよ」

ところが、幸せに浸る暇もなくショーツを剥ぎ取られ、蜜口に指が押し当てられる。

「ッ、んっ……」

思わず身体に力が入った刹那、指がグッと侵入してきた。

一瞬引っかかった気がしたが、伊吹はゆっくりと奥を目指す。隘路《あいろ》を傷つけないようにしながらも、その指は圧迫感に抵抗するがごとく容赦なく根元まで挿入された。

眉根を寄せていた杏奈が、無意識に息を詰める。

「まだ一本だけど、痛い？」

「大丈夫……。でも、っ……なんか、変な感じがする……」

一度果てた際の快楽が和らぎ、話す余裕が戻ってきた。しかし、今度は下肢の違和感に身体がついていかず、勝手に呼吸が速くなる。

「じゃあ、ゆっくりするから痛かったら教えて」

恥ずかしさはあるのに、彼の優しい口調につられて頷いてしまう。そんな杏奈に柔らかい笑みが返され、額にチュッとキスが落とされた。

そっと指が引かれる。そして、抜ける間際にまた差し込まれ、抽挿が始まった。

きゅうきゅうと戦慄く蜜洞を撫でるように、それでいて狭い道を解すように。優しい動きだが、襞をかき分ける動作には容赦がない。

けれど、不思議と痛みはまったく感じなかった。

不安を感じさせないためか、杏奈の顔に何度も伊吹の唇が降ってくる。額、瞼、頬や鼻先、もちろん唇にもキスが与えられ、杏奈は自然と彼に身を委ねていた。

ちゅくっ、グチュッ……と淫靡な水音が鳴る。それがやけに響いていたが、気にする間もなく蜜粒をクリッと押された。

「んあっ……！」

「ナカの違和感が気にならないように、こっちで気を逸らそうな」

まるでなだめるような声音なのに、花芽をいじくる指はちっとも優しくない。親指の腹でこすり、クルクルと転がすように撫で回し、下から持ち上げるがごとく押してくる。

一度そこで達した杏奈は、さきほどの快楽を再現させるような愛撫に腰を跳ねさせた。

脚をばたつかせたくなるが、伊吹の脚が杏奈の両脚の間に入れられているせいで上手く動かせない。白く柔らかな太ももには、硬いままの彼の分身が当たっていた。

無垢な身体が、伊吹の手で開かれていく。

蜜洞に指があることに、違和感を覚えていたはずだったのに……。可憐な蕾を責められているうちにそれはなくなり、二本目の指が挿入されても痛みはなかった。

ただ、圧迫感はさきほどよりもずっと大きく、もういっぱいいっぱいに思える。

「少しずつ柔らかくなってきたな」

そんな杏奈の感覚に反し、伊吹の意見は逆だった。

ただ前後に動かすだけだった指が、隘路の中でグッと広げられる。そして、襞を伸ばすように丹念に撫で、下腹部側をこすり上げた。

微かな苦しさの中に、甘い痺れが走り出す。外とナカ、どちらの刺激によってそうなっているのか、杏奈にはわからなかった。

「反応がよくなってきたな。でも、まだナカではイけないだろうから、気持ちいいところ全部弄ろうな」

「あっ、あぁっ……！　あんっ……」

嬉々とした声音をぼんやりと聞いていると、豊満な双丘の先端が吸い上げられた。尖ったままだったそこを舐められるとたまらなくなって、杏奈は悩ましげに腰をガクガクと震わせた。

右手では秘孔と萌芽を責められ、左手では右側の膨らみを揉まれて。唇と舌はもう片方の果実を嬲り、彼は杏奈をどんどん追い詰めていく。

脆弱《ぜいじゃく》な部分をくまなく弄ばれているせいで、杏奈の全身が総毛立ち、涙交じりに喘いだ。

「あぅっ……ッ、はぁっ……いぶき、くっ……！」

知ったばかりの頂よりも、もっとずっと深く大きな波。甘い疼痛のような快感が、杏奈を容赦なく襲う。

眉をグッと寄せた杏奈が、思わず伊吹に抱きついた直後。

「うぁっ……あんっ、ああっ……やあぁぁぁぁっ……！」

蜜道をこすり上げられながら淫芽をグリッと押され、熟れた小さな実をちゅぅぅっ……と吸い上げられた。

昇り詰めた杏奈の全身が、ガクガクと揺れる。隘路は伊吹の指を食い締めるように蠢動《しゅんどう》し、彼が指を引き抜くと勢いよく蜜が飛び散った。

肩で息をする杏奈の額に、伊吹がくちづける。淫靡な姿を見つめる瞳は獰猛な獣のように鋭く、雄の情欲で満ちていた。

身体を起こした彼が、スーツとシャツを脱ぎ捨てたことによって上半身があらわになる。軽く隆起した胸板に、作り物のように綺麗に割れた腹筋。スーツや私服越しに見ていたときよりもずっと、男性らしさを感じた。

次いでベルトが外され、前を寛がせたスラックスの隙間から黒いボクサーパンツが覗く。そこは布越しでも形がわかるほどくっきりとし、欲と存在を主張していた。

丸みを帯びた根元に、太く逞しい剛直。ボクサーパンツが下ろされると、それは天を仰ぐがごとくそそり勃っていた。

見たことのない姿かたちに、杏奈は思わず息を呑む。赤黒い怒張は凶器のようにも思えた。

「不安を煽るだろうから、あんまり見ない方がいい」

そう言われて、反射的に顔を背ける。指摘されるまで伊吹の下肢を凝視していたことに気づかず、杏奈の中で羞恥が膨らんだ。

そのさなかにも、彼は手際よく準備を整える。パツッ……とゴムがなにかに当たるような音がした直後、逞しい身体がのしかかってきた。

思わず視線を下げれば、薄膜を纏った雄刀が視界に入ってくる。杏奈は咄嗟に目を逸らしたが、硬いものが蜜口に当てられた瞬間、全身が硬直した。

「大丈夫だ。しっかり解したし、ゆっくり挿れるから」

伊吹を見ながら小さく頷けば、彼が瞳を緩めて腰を押しつけてくる。

狭い入口をこじ開けるようにして熱芯が侵入し、軽く前後に腰を揺らしながら少しずつ奥へと進んできた。

指とは比べ物にならない圧迫感と質量に、杏奈が眉根をグッと寄せる。まだ痛みはないが、異物を受け入れたことがなかった無垢な隘路が引き攣るようだった。

「ん、ぁっ……ぅ」

「杏奈、力を抜いて。ほら、ゆっくり息して」

言われた通りにしようにも、乱れ始めた呼吸が上手く整わない。つい歯を食いしばってしまうと、伊吹が「うっ……」と小さく呻いた。

困ったように微笑みながらも、彼が再び杏奈の顔にキスの雨を降らせる。優しく労わるようなくちづけに、杏奈は安心感を覚えて自然と息を大きく吸っていた。

「そう、上手だ。そのままゆっくり息をしていて。痛かったら、俺の背中に爪を立てていい」

腰をゆるゆると動かしたままの伊吹が、杏奈の唇を奪いに来る。食むように唇をこすり合わせるのもそこそこに舌を入れると、杏奈の舌を捕らえて吸い上げた。

キスに翻弄されながらも、下肢の圧迫感が強くなっていく。彼は杏奈の腰を押さえると、最後の一押しとばかりに腰をクイッと突き上げた。

「……ッ！　ひゃあっ……ッ！」

下腹部の奥まで侵された感覚と、身が裂けるような甘く鈍い痛み。杏奈は初めての感覚に戸惑い、喉を仰け反らせて目尻から涙を零した。

「ん、っ……全部、挿ったよ」

なにかをこらえるような声が、杏奈の耳元で落とされる。そのまま耳朶にくちづけられ、杏奈は優しいくすぐったさに肩を竦めた。

無意識に閉じていた瞼を開ければ、真っ直ぐな双眸と視線がぶつかった。

眉根を寄せた伊吹が色っぽくて、杏奈の鼓動が高鳴る。軽く乱れた息すらかっこよくて、胸の奥がキュンキュンと締めつけられた。

「痛いか？」

「ちょっとだけ……。でも平気……」

汗で張りついた前髪をかき分けられ、額にくちづけられる。顔を離した彼を見つめれば、唇にもキスをしてくれた。

今日だけで何度キスをしたかわからない。

恋人になった伊吹は、これまで以上に甘くて優しくて。少しだけ意地悪な節もあったが、杏奈を大事にしてくれていることが伝わってくる。

杏奈はそれだけで幸せだと思った。

「伊吹くん……あのね、好きだよ」

「ッ……」

「あっ……！」

クッ……と息を詰めるように歯噛みした彼が、眉根を寄せる。同時に、雄杭がビクンッと跳ね、杏奈の体内でいっそう質量が増した。

「今のは、杏奈が悪い。……初めてだから、最後まで優しくするつもりだったのに」

後半は独りごちるように呟いた伊吹が、少しだけ強引に腰を引く。杏奈が甘い声を漏らした刹那、再び楔が奥まで押し込まれた。

「ひゃっ……あぁんっ……」

まだ快感を覚えていない蜜路を、彼が屹立でこすっていく。

内壁を撫でるように、襞を伸ばすように、そして狭い道を解すように。丹念に律動を繰り返し、幼気な蜜筒を捏ね回した。

熱くて、苦しくて、切なくて……。愉悦に翻弄される杏奈は、必死の思いで伊吹にしがみつくことしかできない。

甘苦しい感覚に息が上手くできないのに彼と離れたくなくて、広い背中に回した手にギュッと力を込めていた。

「やっ、あぁっ……んぁっ」

伊吹が腰を動かせば、ぴたりと密着した胸板で双丘の先端がこすれる。すると、そこから痺れるような快楽が芽生え、蜜孔がきゅうきゅうと戦慄いた。

眉間の皺を深くした彼が、ますます柔壁をかき乱す。腰を突き上げるたびに奥が抉られ、そのうち痛みよりも甘い痺れが勝り始めた。

「はぁっ、あんっ……くるし……」

「ああ……ッ。杏奈はこっちで、な?」

節くれだった指が、陰核を捕らえる。それをグリッと押し潰された瞬間、少しずつ募っていた喜悦が膨れ上がった。

「やあっ……! あぁんっ、あぁっ……」

蜜芽をグリグリと捏ね回され、絶えず秘孔を責められ、瞼の裏が明滅する。

上下左右もわからなくなり、意識が白み始めたとき。

「ひぅっ……ッ、あぁぁぁぁぁぁっ——!」

杏奈の身体が高みへと押し上げられ、全身をガクガクと震わせた。

「うっ……クッ」

一拍置いて胴震いした伊吹が、膜越しに欲を迸《ほとばし》らせる。

ビクビクッと跳ねた滾《たぎ》りが最後の一滴まで精を吐き出すと、彼は杏奈に体重をかけないように倒れ込みながら息を深くついた。

好きだよ、と囁く伊吹の声が聞こえた気がしたが、もう瞼を開ける力も残っていない。

温かな腕に包まれる感覚の中、杏奈はそっと意識を手放した——。

## 四　策士、ほくそ笑む　Side Ibuki

息を深く吐いた伊吹は、自身の腕の中ですやすやと眠る杏奈を見つめた。

自然と突き上げてくる喜びが、まるでほくそ笑むように伊吹の唇を持ち上げさせる。

「やっと手に入れた……」

思わず零れた言葉には、歓喜以上に感動で溢れていた。

長い道のりだった、と改めて思う。

彼女への想いを自覚して以降、いったいどれほど悩んだことか。

意を決して杏奈に告白しようとしたときには彼女の仕事への意思を尊重することになり、ようやく想いを打ち明けてキスをしてもすぐには堕ちてくれず……。思い返しても、とにかく苦戦してばかりだった。

伊吹の人生において、女性に困ったことなどない。

黙っていても勝手に好意を向けられ、自分が『いいな』と思うよりも先に告白をされる。そんな人生だったため、いつだって気づけば簡単に恋人ができていた。

相手がなにを求めているのかを察するのも苦手ではないことから、別れ際にも大きな喧嘩やトラブルに発展したことはない。

たまにストーカー行為に遭ったことはあるが、警察沙汰になるほどひどいものはなかった。

つまり、ひとりの女性を何度も口説いたことはおろか、告白したこともなかったのだ。

杏奈以外には……。

それが一転、彼女には伊吹の男性としての魅力が一切通じない。

なにをどうすれば両想いになれるのか、伊吹はとにかく頭を悩ませた。

何度も想いを伝え、キスを繰り返し、どうにか彼女を翻弄しようと必死だったが、一歩間違えればセクハラそのものである。

もちろん、杏奈が困ってはいても嫌がっていないことはわかっていた。

それでも、自身の行動が強引であったことは重々理解しているため、不安がまったくなかった……とは言えない。

恋をすれば些細なことが気にかかり、相手の言動でバカみたいに一喜一憂する。

そんなことも知らなかった伊吹にしてみれば、彼女に恋をしてからの日々は心が目まぐるしく動き、未知の感情に振り回されてばかりだった。

たとえ客であっても、杏奈に好意を寄せる男の影がちらつけば苛立ち、無防備な彼女自身にもヒヤヒヤさせられた。

もう子どもではないのだから口うるさく言ってはいけないと思っていたが、子どもではないからこそ口が酸っぱくなるほど異性への接し方を注意したくなった。

杏奈が嬉しそうにすれば心が温まり、ときにはドキッとさせられる。

いつか高揚する気持ちを隠し切れなくなりそうで、衝動的に彼女を押し倒す自分まで想像して怖くなったこともある。

なにがあっても、杏奈を傷つけたくない。

けれど、鈍感で無防備で恋愛に疎い彼女を手に入れるためには、一筋縄でいかないこともわかっている。

一か八かで強引に事を進めることにしたのは、伊吹にとって大きな賭けだった。

戸惑う杏奈をキスで黙らせたり、実家では彼女と吹雪の親しそうな様子に嫉妬心が止まらなかったり……。杏奈のことになると、とにかく心穏やかではいられなかった。

だからこそ、恥じらいと戸惑いを浮かべながら自分を好きだと言ってくれた彼女を前に、喜びも劣情も抑え切れなかった。

最初は夢かと思うほど、どこか現実味がなかった。

それでも、ひとたび杏奈に触れれば心は震え、感動が突き上げてきた。

あとはもう、深く考える余裕なんてあるはずがない。

理性と本能が揺れ動く狭間《はざま》で、ただただ夢中で彼女のことを抱いた。

初めてだった杏奈を大事にしようと、怖がらせないように最後の一瞬まで優しくしようと、そう決めていたはずだった。

しかし、無意識に伊吹を煽る杏奈を前にして、長年の恋心と激しい情欲を持て余していた伊吹が冷静でいられるわけがなかったのだ。

大袈裟かもしれないが、これまでの苦労が実を結んだと感じた瞬間、人生で一番嬉しいとすら思った。

「とはいえ、さすがに最後はやりすぎたか……」

ぽつりと呟き、彼女の額に唇を落とす。

ひどいかもしれないが、反省しているさなかにもまた喜びが勝っていく。

「ん……いぶき、くん……」

そんな中、杏奈がふにゃっと笑った。

無防備に眠りながら名前を呼ばれたことに、胸の奥が甘く締めつけられる。さらには胸元に頬をすり寄せるようにされて、一気に下肢が熱くなった。

「あー、もう……。本当にどうしてそんなに無防備なんだ……」

熱と欲を持て余すのは目に見えているのに、彼女のことが愛おしくてたまらない。

どうしたって、杏奈を抱きしめずにはいられなかった。

華奢な身体の温もりを感じる伊吹の中で、本能と理性がせめぎ合う。

まるで中高生だな、と思いつつも、ようやく幼なじみから恋人になった彼女の体温と感覚から離れられなかった。


六月中旬を過ぎると、いっそう暑さが増した。

ここ数年はすでに五月で夏のような気温だが、今年も例外ではない。外に出るだけで太陽の熱に汗が流れそうになり、スーツが暑苦しく感じる。

そんな中でも、伊吹は涼しい顔で業務をこなしていた。

「麻布《あざぶ》の土地はあそこで決まりだな。リフォーム業者を入れるだけで済めば、予定よりも少し早くオープンできそうだ」

「ええ、そうですね。業者はどうされますか？」

「六本木《ろっぽんぎ》と表参道《おもてさんどう》をデザインした会社に依頼できないか、あとで確認しておいてくれ」

「承知いたしました」

淡々と業務内容を話し合う伊吹と植田には、無駄というものが一切ない。

現在、ひなたは本店の銀座店を始め、二号店は六本木、三号店は表参道に展開している。そして、新店舗を京都にオープンさせる頃、麻布にも店を開くことになった。

麻布は、少し前まで料亭だった店を買い取ることにしたため、他の店舗のように一から設計する必要がない。

多少の手はかけるが、いわゆる居抜きというわけだ。

これは、今まで外観や内装すべてを一から造り上げてきたひなたにとって新しい挑戦であり、麻布店の売上が今後のひなたの動向を変えるきっかけになる可能性もある。

上手くいけば、都内以外に進出する際にも居抜き物件を使うことも視野に入れているのだ。

メリットは、買い付けからオープンまでの時間が短縮できること。場合によっては、インテリアなどを大きく変える必要がないこと……などがある。

もちろん、ひなたにはこれまでに積み上げてきたイメージがあり、それを壊すわけにはいかないが、居抜き物件を使うことで新たな活路を見出せないかという目論見もある。

伊吹は今後、ひなたを都外にも進出させるつもりでいる。

その第一歩が京都店で、その後は関東近郊に数店舗を出し、西日本にもあと二店舗ほど進出させたいと考えているのだ。

そして、もう少し若い世代に向けた店舗を展開することも視野に入れている。

料金的なことや利用のしやすさという意味でひなたよりも敷居をわずかに低くし、それによってひなたの客層をもっと広げていく——という狙いである。

もっとも、これに関しては数年先の話になりそうだが、伊吹の中にはまだまだ夢と野望があり、だからこそこれまでと違うことをやってみようと考えていた。

「最近、少し仕事を詰め込みすぎではないですか？」

「仕方ないだろ。これくらいしないと、プライベートの時間が取れないんだから。それに、今はいくらでも仕事ができそうな気分なんだよ」

「恋人……杏奈さんのためですか」

植田の言葉に、伊吹が目を小さく見開く。

杏奈と付き合うことになった件については、まだ周囲に報告していない。

伊吹自身、そういったことを大っぴらに言う性格ではなく、それは秘書に対しても例外ではなかった。

彼女は仲のいい同僚の芙美には話したようだが、互いの家族だってまだ知らない。

「どうして知ってる……と言いたげな顔をされてますが、最近明らかにウキウキされてますからね。ずっと機嫌がいいですし、もっと言うとたまに締まりのない顔をされていますので」

意外とわかりやすい人ですよね、と言われ、伊吹はバツが悪そうに眉をひそめた。

彼は、伊吹をとてもよく見ている。秘書として有能である理由のひとつだが、今回ばかりはなんとも居心地の悪さを感じた。

「どうせ止めても無駄でしょうから止めはしませんが、身体を壊さないでくださいね。麻布の件もですが、京都の件でもこれからもっと忙しくなるんですから」

「わかってる」

口ではそう言っていても、伊吹には仕事量を減らすという選択肢はない。

恋人がいても仕事に支障をきたすような性格ではなく、だからと言って杏奈に寂しい思いをさせるつもりもないからである。

なによりも、自分自身が一分でも一秒でも長く彼女と一緒にいたかった。

これまでの伊吹なら、そういった面で恋人に配慮することはあまりなかった。

口では『なかなか会えなくてごめん』などと言っていても、心のどこかでは仕事なのだから仕方がない……と思っているような節があったのだ。

社会人であれば、仕事を優先するのは当たり前。そうでなくても、伊吹には仕事以上に大事なものなどなかったからである。

ところが、杏奈に対してはそんな風には思わなかった。

彼女がなんと言おうと、たとえ『会えなくても大丈夫だからお仕事頑張って』などと微笑まれても、自分が納得できない。

会いたいし、抱きしめたい。

キスがしたいし、心置きなく抱きたい。

できることなら一緒に眠って、朝起きたときに一番に顔が見たい。

そんな欲望が次々と溢れ出すのだ。

過去の恋愛では考えもしなかったようなことが、杏奈が相手だというだけでどんどん思考を占領し、欲張りになっていく。

そして、こんな気持ちを知ったことで、今までの恋人に対する自分の冷たさが身に染みた。

今さらだが、申し訳なかったと思う。

もっとも、ここまで伊吹を夢中にさせる杏奈があまりにも特別なのだ。

彼女のためならどんなことをしてでも時間を捻出したいし、そのためであれば今まで以上に仕事も頑張れる。

もともと仕事が好きだったが、杏奈と付き合ったことによってこれまでよりもさらにモチベーションが上がっているのを感じていた。

つまり、伊吹が彼女を好きすぎるだけ。

元カノたちに非があったわけではなく、むしろ伊吹にここまで思わせる杏奈が伊吹にとって唯一無二の存在と言えるに違いない。

＊＊＊

六月も終わる、金曜日。

伊吹は、大学時代の友人に誘われて飲み会に参加することになった。

場所は、表参道の一角にあるイタリアン。

「遅れて悪い」

開始時刻よりも三十分ほど遅れて店に入ると、二十人は入れそうな個室ですでに盛り上がっていた友人たちが笑顔を向けてきた。

「おっ、日向が来たぞー」

「相変わらずの重役出勤だな」

「悪かったよ。もうみんな揃ってたんだな」

重役出勤のつもりなどない伊吹だったが、どうしても業務が終わらなかった。

贔屓《ひいき》にしている酒蔵《さかぐら》に顔を出すだけのつもりだったのに、いつも通り主人と話が盛り上がり、新酒を試飲させてもらっていたのだ。

結果、飲み会には遅れてしまったが、新酒の仕入れができることが確定したため、伊吹にとっては大きな収穫だった。

「じゃあ、もう一回乾杯するか」

幹事の言葉で、みんながグラスを掲げる。

伊吹を含めた二度目の乾杯の音頭では、友人たちの明るい声が響いた。

今日の参加者は、伊吹を入れて十二人。大学時代に親しくしていた友人もいれば、同じゼミだったというだけであまり話したことがない者もいる。

けれど、旧友という懐かしい繋がりが当時に戻ったような空気感を生み出し、後者の人間とも思い出話に花を咲かせることができた。

参加者の半分は女性で、男女ともに既婚者もいることから一次会だけで終わる予定だ。個室は三時間使えるようで、開始時刻が十九時なら妥当なところだろう。

二十一時半を過ぎた頃には、実家に子どもを預けているという友人が席を立ち始めた。

「伊吹」

ちょうど伊吹の隣が空くと、高橋菜穂子《たかはしなほこ》が声をかけてきた。

「せっかくだからゆっくり話したかったのに、もう終わる時間じゃない」

彼女も大学時代の友人だが、一年ほど付き合っていた元恋人でもある。今日ここに来ることは伊吹には知らされておらず、店に着いて知ったときにはわずかに驚いた。

とはいえ、伊吹にはやましいことはない。

別れ際も実にあっさりとしたものだったし、それ以降は特に連絡を取ることもなかった。

こうしてみんなで集まれば会うこともあったが、そもそも伊吹が滅多に参加しないため、そういった機会も少なかったからである。

そんな菜穂子は今、ひなたが取引している『鏑木食品』の担当者でもある。

前任者が産休に入る前の引き継ぎの挨拶で、後任として彼女がひなたのオフィスにやってきたときには驚いた。

聞けば、数年前に別の食品会社から転職し、今に至るのだとか。

ただ、普段はひなたの社員が担当している分野のため、伊吹が菜穂子に直接関わることはほとんどない。顔を合わせれば軽く話くらいはするが、あくまでビジネスの域を出ない程度のものだった。

「伊吹もこのまま帰るの？」

「ああ」と短く答えると、彼女が瞳を緩めた。

「よかったら、どこかで飲み直さない？　私も少し遅れてきたし、みんなと話してばかりだったから飲んだ気がしなくて」

菜穂子が肩につかないくらいの髪を耳にかけ、伊吹をじっと見つめる。猫目っぽい二重瞼の目は、ＹＥＳしか受け入れないと言わんばかりに真っ直ぐだった。

高い鼻に、赤い口紅が似合う唇。見た目通りキャリアウーマンである彼女は、周囲から一目置かれる容姿を持ち、大学のミスコンでは優勝したこともある。

サラサラのボブヘアがよく似合う小顔で、今でもきっとモテるのだろう。

理論派で頭がよく、物わかりがいい。無駄な争いを好まないクールな性格にも、魅力を感じる者は多かったはずだ。

大学でも菜穂子に告白しては玉砕した男たちが幾人もいたが、十年以上が経ってもその瞳には当時のように自信が表れていた。

「悪いけど、俺はもう帰るよ」

しかし、伊吹はそんな彼女の視線を受け流すようにきっぱりと即答した。

「なにか予定でもあるの？」

「ああ。だが、そもそも――」

理由を言おうとした伊吹のスマホが短く鳴り、「悪い」と断ってメッセージアプリを開く。

【もうすぐ終わるみたい　伊吹くんはどうかな？】

杏奈らしい可愛い柴犬の絵文字がついたメッセージに、自然と瞳も頬も緩んだ。

実は、今夜は彼女も職場の飲み会に参加している。先輩の結婚祝いなのだとか。

普段はあまり飲みに行かない杏奈だが、そういう名目のため最初から参加を決めていた。

今日はたまたま早く帰れそうだった伊吹は、明日が休みの彼女と夕食を共にし、そのまま家に泊めるつもりだった。

それができなくなったことで、珍しく友人たちとの飲み会に参加することになったのだ。

【今から迎えに行く】と打ち込み、杏奈がいる店から程近いカフェを指定する。できるだけ人通りが多く、治安のいい場所を選んだ。

「もしかして恋人から？」

「ああ」

杏奈のことで頭がいっぱいになった伊吹は、一瞬だが菜穂子の存在を忘れていた。

「……そう。あなたでもそんな顔をするのね」

伊吹が苦笑を零せば、彼女がどこか不服そうに眉をひそめる。

「私と付き合ってたときは、一度だってそんな風に笑ってくれたことはなかったでしょ」

「そんなつもりはなかったんだが」

「嘘つき。伊吹は私に興味なんてなかったのよ。あなたの気持ちは友人の域を一歩出た程度のもので、ちっとも愛じゃなかったもの」

そう言われても、伊吹の中ではそんなつもりはなかった。

もちろん、杏奈と比べてしまえば想いの差は歴然だが、それでも遊びや暇潰しで付き合ったつもりはなく、伊吹なりに真面目に接していたからである。

しかし、菜穂子本人がそんな風に言うのなら、当時は気づけなかった彼女の不満があったのだろう。

「傷つけたなら謝る。今さらだが、悪かった」

「いいわよ、もう。十年以上も前のことだもの。伊吹があまりにも幸せそうだから、ちょっと意地悪言いたくなっただけよ」

菜穂子がワインを呷《あお》り、「それで？」と微笑む。

「彼女はどんな人？　同い年？　それとも年上？　伊吹には年上が合いそうだけど」

「いや、年下だよ」

「意外だわ。伊吹は年下なんて興味がないと思ってた」

彼女の言葉に、伊吹もなんとなく共感できた。自分でも、付き合うなら年下はないと考えていたこともあったくらいだ。

「まあそうだな。彼女は幼なじみだから、特別だったのかもしれない」

「そうなの？　幼なじみってことは伊吹の実家がある静岡出身よね？」

「ああ。でも、今はこっちにいる。就職で上京したんだ」

珍しく質問攻めをしてくる菜穂子に、伊吹もつい答えてしまう。

杏奈とのことは誰にも話していなかったとはいえ、嬉しくてたまらなかったのは事実。酔いもあって、こうして話せることにガラにもなく少し浮かれていたのかもしれない。

「なにしてる人？」

「販売員だ」

そう答えたあと、伊吹は「そろそろお開きみたいだな」と幹事に視線をやる。

キャッシュレスですでに会費は支払ってあったため、幹事が先に帰る参加者を見送るついでに会計を済ませてきたようだ。

「じゃあ、俺はそろそろ行くよ」

「ええ。また近いうちに打ち合わせがあるから、タイミングが合えばそのときに」

あっさりとした挨拶を交わし、伊吹は一足先に店を出た。

タクシーで杏奈を拾うと、伊吹はそのまま彼女を伴って帰宅した。

伊吹も杏奈も明日はせっかくの休みだというのに、彼女は当たり前のように帰るつもりだったのだから肩透かしを食らった気分だった。

会えることを喜んでいたのは自分だけだったのか……と、伊吹は密かに拗ねたくなった。

（まったく……本当に予想外すぎるな）

けれど、誘えば頬を赤らめながらも頷いた杏奈も、きっとこうして一緒に過ごせることを喜んでいるに違いない。彼女の表情を見ていれば、それくらいのことはわかった。

「おいで、杏奈」

寝室に杏奈を連れ、先にベッドに腰掛ける。

一緒にお風呂に入ることは断られたが、ベッドに連れ込んでしまえばこちらのものだ。

伊吹が唇の端を持ち上げて微笑むと、彼女はたじろぎつつもそっと足を踏み出した。

待ち切れず、手を伸ばして杏奈の手を引く。

「きゃっ……」

華奢な身体を軽々と受け止めたあと、伊吹は膝の上に乗せた彼女の唇を奪った。

ふたつの唇が重なり、しばらくは戯れのように触れたり食んだりしていたが、すぐに我慢できなくなって舌先で柔らかな唇を割り開いた。

「んっ……」

花のような甘い香りが鼻先をくすぐり、杏奈の感触をもっと近くで感じたくて腰に回した手に力を込める。グッと近づいた身体が密着し、それだけで背筋が粟立った。

「伊吹くん……っ、待って……！」

「ダメ、もう待てない。杏奈に会えない間も、こうして触れたくてたまらなかったんだ」

唇が触れそうな距離で囁き、隠す気のない情欲を突きつける。

彼女と付き合ってから会えたのは、今日でまだたったの三回。そのうち一回は、食事とキスだけで終わった。

三度目に杏奈を抱ける今夜を、伊吹はどれほど楽しみにしていたことか。

きっと、男心を知らない彼女にはわからないだろう。

「だから逃がさない。ほら、俺のキスに応えて」

再び杏奈の唇を塞げば、彼女は次第に伊吹のキスに応えるようにたどたどしく舌を動かし始めた。

その幼気ないじらしさに、たまらなくなる。

伊吹は杏奈を壊さないように手加減しようと自身に言い聞かせながらも、込み上げてくる劣情に抗えない予感がしていた――。

# 三章　蜜月は蜜より甘い

## 一　溺愛生活

七月に入ると、急激に暑さが増した。

この時期の百貨店はセール期間でもあり、ボーナスが入ったばかりの客たちの財布の紐も普段と比べると緩い。

ペルーシュではセール価格になるものはないが、ノベルティが配布される。金額に応じて配られるものが数種類あるため、ノベルティ目当ての客が開店から行列を作っていた。

店舗前の通路にできた列を整えつつ、順番に客を店内に通していく。といっても、高価な買い物となれば長考する客も多い。十組くらいの客が並べば、二時間近く待たせてしまうこともある。

杏奈を含めた七名の出勤スタッフはフル回転で動いていたが、今日は土曜日ということもあって行列が途切れず、閉店時刻ギリギリまで接客に追われていた。

「疲れたね～。キンキンに冷えたビールが飲みたい」

「私はゆっくり寝たいかな。今日は結構ギリギリまで寝てたんだけど」

芙美の言葉に、杏奈が欠伸《あくび》を噛み殺すように返す。毎日きちんと睡眠を取っているが、ここ最近の忙しさや暑さのせいか、以前にも増して疲れやすい気がする。

「でも、今日はこれから伊吹さんと会うんでしょ？」

「うん。そろそろ伊吹くんも着く頃だと思う」

一刻も早くベッドにダイブしたい気持ちはあるが、伊吹と会えるのはとても嬉しい。

今夜は泊まらせてもらうため、お泊まりセットも持参している。車で迎えに来てくれる彼と合流して夕食を食べに行き、そのまま家に向かう予定だ。

「いいなぁ、ラブラブで。蜜月って感じ」

「恥ずかしいからやめてよ……。それに、芙美は同棲中の彼氏がいるでしょ」

「そうだけど、私にはもう付き合いたての初々しさとかときめきとかないし。彼氏のことは好きだけど、なんていうか一緒に寝るだけでドキドキしすぎてたときが懐かしいのよね」

彼女いわく、今はもう同じベッドで眠っていても緊張するようなことはないのだとか。「むしろ安心感があるくらいだよ」と言われて、杏奈にはまだ想像もつかなかった。

伊吹とベッドに入ることになれば、その前から緊張してしまう。

ソワソワして落ち着かないし、寝顔を見られるのも恥ずかしいし、抱きしめられて眠ることにもまだちっとも慣れていない。

いびきをかいてしまわないか、変な寝言は言わないか……。マヌケな寝顔ではないか、寝相は悪くないか……。とにかく心配なことばかりだ。

それに、彼に抱かれるのも緊張と羞恥でいっぱいで、相変わらずドキドキして息が上手くできなくなる。

快感は覚えさせられたものの、行為そのものに慣れる日が来るとは思えなかった。

もっとも、伊吹はいつだって優しく、どんな杏奈であっても受け入れてくれそうな気がするのだけれど。

「私はまだ芙美のレベルにはなれないなぁ……。伊吹くんと一緒にいるだけで、ドキドキしてばかりだもん」

「ふふっ、可愛い～！　っていうか、恋愛沙汰には鈍感すぎる杏奈からそんなセリフが出てくるなんて、ちょっと感動するんだけど」

「からかわないでよ」

「ごめんごめん」

あはは っと笑った芙美が、改札口に視線をやる。

「じゃあ、また明後日ね」

「うん、お疲れ様」

手を振って「お疲れ」と微笑んだ彼女と別れ、急いで丸の内口に向かうと、ロータリーから少し離れた場所に伊吹の車を見つけた。

「杏奈」

慌てて駆け寄った杏奈に気づいた彼が、運転席から降りてくる。

「ごめんね、待たせちゃったかな？」

「いや、今来たところだよ。とりあえず乗って」

長時間停車することはできない場所のため、ドアを開けてくれた伊吹に頷く。いつも通りの助手席と彼の香りが、杏奈をどこかホッとさせてくれた。

「なにが食べたい？」

「うーん……」

今日は会ってから店を決めようと話していたが、杏奈は空腹よりも疲労が大きいせいか、食べたいものが浮かばない。

いっそ伊吹に委ねようと考えた杏奈に、彼は視線をちらりと寄越した。

「伊吹くんは？」

「今日はテイクアウトかデリバリーにしようか」

「え？」

「杏奈、疲れてるだろ？　ちょっと眠そうだし」

伊吹に会ってからずっと、明るく元気に振る舞っていた。というよりも、彼の顔を見た瞬間、勝手に笑顔になったとも言える。

けれど、伊吹には杏奈の疲労感を見抜かれていたようだ。

「そんなにひどい顔してる？」

「いや？　杏奈はいつでも可愛いよ」

「っ……」

不意打ちの言葉に、杏奈の頬がかあっと熱くなった。タイミングよく信号で停まった途端、ついでとばかりにキスが降ってくる。

「伊吹くん……！　ここ、外だよ！」

いくら夜とはいえ、目の前の横断歩道には多くの人が行き交っている。もしかしたら、そのうちの誰かに見られたかもしれない。

「杏奈がいちいち素直な反応をするからだよ」

楽しげに笑った彼は、ちっとも気にしていない。

「デリバリーにしようか。そしたら、届くまでの間に風呂に入れるし」

それどころか、飄々とした様子でこのあとの予定を決めた。

信号が変わり、さきほどまでと同じように安全運転で車が進んでいく。杏奈は伊吹の横顔を見ながら、彼のせいで上がった体温を持て余していた。


伊吹の家に着くと、彼がデリバリーを選んでくれている間にお風呂を借りた。

できるだけメイクをしたままの顔でいたいが、万が一メイクを落とす余裕がなく眠ってしまったときのことを考え、すっぴんでリビングに戻る。

すると、伊吹は「可愛い」と瞳を緩め、杏奈にキスをしてきた。なにをしてもどんな姿でも褒めてくれる彼に、杏奈は何度も面食らってしまう。

それでも、愛されていると実感できることが嬉しくて、幸せだった。

伊吹もお風呂を済ませた頃、料理が届いた。

注文してくれたのは中華料理だったが、疲れている杏奈が食べやすいようにと、あっさりとしたメニューが多い。

中華粥、八宝菜、棒棒鶏、冷やし中華。どれも身体と胃に沁み、杏奈は彼とシェアしつつもすべての料理を堪能した。

「片付けておくから先に歯を磨いておいで」

「それくらいは私がするよ」

「いいから。ほら、行っておいで」

こういうところは、まだまだ幼なじみのままだな……と思う。

恋人として甘やかされているというよりも、妹のように見られている気がして仕方がない。

ただ、伊吹が引かないことはわかっている。杏奈は申し訳なさを抱きながらも素直にお礼を言い、ひとりで洗面台に行った。

交代で彼が歯を磨きに行くのを待つ間、ソファに身を沈める。

付き合って、もうすぐ二か月。

伊吹の家に来たのはまだ数えられる程度だが、それでもどこになにがあるのかは少しずつ覚え、今では杏奈の私物も置かせてもらっている。

二度目にこの家に泊まりに来たとき、彼が杏奈用に色々と買い揃え、杏奈のルームウェアをしまうスペースまで確保してくれていたのだ。

(甘やかされてるなぁ。今までもそうだったけど、さらに至れり尽くせりっていうか……)

そんなことを考えながらも、杏奈の瞼がゆっくりと落ちていく。

どれくらいの時間が経ったのか、身体がゆらゆらと心地よく揺れていることを感じて目を開けると、伊吹が杏奈を抱いて寝室に入ったところだった。

「ああ、起こしたか。悪い」

「う、ううん……。あの、ごめんね……」

「いいよ。よっぽど疲れてるんだろ」

ベッドはもう目の前で、今さら下ろしてと頼むのも憚《はばか》られる。ただ、お姫様抱っこをされているという状況に、鼓動が急に忙しなくなった。

たじろいでいるうちにベッドにそっと下ろされ、彼も隣に横たわると上掛けをかけられた。当たり前のように腕枕をされ、背中をポンポンと優しく叩かれる。まるで子どもの寝かしつけのようで、杏奈はわずかに複雑な気持ちになった。

ところが、ほんの数秒前にドキドキしていたはずの拍動が徐々に落ち着き始め、瞼がうつらうつらと落ちていく。

「おやすみ、杏奈」

優しい声が聞こえた直後、額に柔らかな温もりが触れた。

＊　＊　＊

七月も終わりに近づいた、二十八日。

今日は、伊吹の三十三歳の誕生日だった。

杏奈は、今月に入ってからずっと彼の誕生日をどんな風に祝おうかと悩み、店やデート向きの場所を必死に調べていたが、彼のリクエストは『杏奈の手料理が食べたい』だった。

高級店でディナーを……と考えていた杏奈が何度か確認しても、伊吹の答えは変わらない。

というわけで、今日はお祝いのご馳走を作ろうと、昼頃から彼の家のキッチンで夕食作りに勤しんでいた。

買い物は、昨夜ディナーに行ったあとにふたりで済ませた。

それから伊吹の家を訪れてゆっくり過ごし、日付が変わった瞬間に真っ先に『お誕生日おめでとう』と告げて、甘い夜を明かした。

そして、迎えた今日。

朝から近所のカフェにモーニングに繰り出し、昼食はふたり仲良くキッチンに並んでパスタを作った。これも彼の希望だ。

もっと豪華な祝い方を想定していた杏奈は、本当にこの程度でいいのか……と悩んだが、伊吹はずっと楽しそうにしている。

そんな彼を見て、そもそも高級な料理ばかりを好むような人じゃない、と思い出した。

仕事上、普段から高級店に行き慣れているし、ひなたでも試食会を含めて様々な高級食材が使われた料理を口にしているのは知っている。

けれど、幼い頃から見てきた伊吹は、ごくごく庶民的な料理も好んでいた。

実家に帰れば両家で食事を摂ることもあるが、別にいつもＢＢＱのようなパーティー料理を食べているわけではない。

定食のようなメニューやカレーといった、誰もが馴染みのあるものも一緒に食べてきた。

彼が選んでくれる店はどこも素敵だが、杏奈が『行きたい』と言えばリーズナブルなイタリアンや大衆居酒屋、チェーン店の回転寿しにだって付き合ってくれる。

ひとりで家で食事を摂るときは、食パンだけやお茶漬けを食べることも知っている。

つまり、肩肘を張る必要はない……ということ。

もっとも、杏奈にとっては不安と緊張もあるけれど。

伊吹なら、なんでも喜んで食べてくれるだろう。それはよくわかっている。

とはいえ、自然と気合が入ってしまうのは必然である。

だって、彼に手料理を振る舞うのだから。しかも、今は幼なじみではなく、恋人なのだ。

できればかっこつけて背伸びをしたいし、そのための見栄だって張ってしまう。

メニューを考えるところから始まり、数日に渡って何度も試作し、特にお菓子作りが趣味でもないのにケーキまで手作りしようと決めた。

どうせなら、徹底的に腕によりをかけ、伊吹をうんと喜ばせたかったのだ。

しかし、料理を始めて三十分、杏奈の手元はどこか覚束《おぼつか》ない。アイランドキッチンの向こう側から幾度となく感じる彼の視線に、どうにも緊張しているから……である。

「あの……伊吹くん」

「ん？」

ついに杏奈から声をかけると、ソファに座っている伊吹が首を傾けて笑みを浮かべた。

「仕事してるんだよね？」

「ああ。なにか手伝った方がいいか？」

「ううん！　晩ご飯は全部私が作るから、伊吹くんはなにもしなくていいの。だから、部屋で仕事してもいいよ？　完成まで時間がかかるし、なにかあったら呼びに行くから」

「それは無理だな」

「どうして？」

悪戯っぽく緩められた瞳に、杏奈の鼓動が小さく跳ねる。

「ここで杏奈を見ながら仕事をするのが嬉しいから」

彼の答えを聞いて、さらに拍動が大きくなった。

「ま、またそういうこと言う……！」

「本当のことしか言ってないよ。うちのキッチンでエプロンをつけて料理をしてる杏奈を見ると、新婚みたいで楽しいんだ」

「新婚……」

繰り返すように呟いたあとで、杏奈の頬がかあっと熱くなっていく。

すると、伊吹がキッチンにやってきて、動揺していた杏奈の唇をさらりと奪った。

「っ……」

愛おしげに細められた双眸に見つめられ、単純な胸がドキドキと弾む。

「エプロン姿は可愛いし、俺のために料理をしてくれてるのが嬉しいし、杏奈がここにいるだけで癒やされるんだ。こんなに幸せな光景を見逃すなんて、もったいないだろ?」

惜しみなく本音をくれる彼を前に、杏奈はたじろぐことしかできなかった。

「でも、あんまり見られてると緊張するっていうか……」

「杏奈らしいな。でも、俺は杏奈をずっと見ていたいから、リビングにいたい」

ふわりと抱きしめられて、頭にキスが降ってくる。そのまま額や頬、鼻先にまで唇が落とされたあとには、再び唇が重なった。

そっと触れてから離れ、解けたものを結ぶようにまた触れ合う。甘く啄むようなくちづけが繰り返され、杏奈の思考が溶け始めたとき、ゆっくりと唇が離れた。

「ダメ?」

杏奈の顔を覗き込むようにして、真っ直ぐな視線が寄越される。

「今日は俺のわがままを聞いてくれると嬉しいんだけど」

挙げ句、甘えるように困り顔で微笑まれると、杏奈が敵うはずがなかった。

「……っ、わかった……。でも、もうちょっと見る回数を減らしてほしい……。その、緊張してちゃんと料理が作れなくなりそうだから……」

簡単に敗北した杏奈の訴えに、伊吹がクッと笑う。彼の表情はとても楽しげで、どこか浮かれているようにも見えた。

「わかった。じゃあ、俺はリビングにいるけど、杏奈を見る回数を減らすよ」

「うん」

「杏奈がいる気配がするだけでも嬉しいし」

少しだけホッとして小さく頷いたが、付け足された言葉にますますたじろいでしまう。

伊吹と付き合ってから、彼は恋人にはとても甘いのだと知った。

大人でかっこいいのに、どこか無邪気で少年っぽさもあって。想いも甘やかな言葉も、惜しみなく与えてくれる。

杏奈が照れて恥ずかしがって戸惑っても、端正な顔に喜びを浮かべるばかり。

そして、そんな伊吹を見ていると、杏奈はドキドキしながらも幸福感に包まれるのだ。

「手伝うことがあったら呼んで」

彼は、杏奈の唇にチュッとキスをすると、涼しげな面持ちでソファに戻った。

五時間かけて完成した料理は、杏奈自身も満足のいく見た目になった。

エビと帆立のグラタン、生ハムのカルパッチョ、フルーツサラダ、ミニトマトとモッツァレラチーズのカプレーゼ、野菜のコンソメスープ。バゲットにはアボカドとサーモンを載せ、四号サイズのケーキにはいちごとブルーベリーをたっぷり飾って粉糖もかけた。

丸いキャンドルを置き、小さな花瓶にはパステルカラーの花とカスミソウで作ってもらったブーケを活け、ランチョンマットも雑貨屋で見つけた可愛いものを使っている。

結局、伊吹がほぼリビングにいたからサプライズ感はないが、彼はテーブルを見るなり目を丸くした。

「すごいな。店で出される料理みたいだ」

「大袈裟だよ。それに、味は伊吹くんが連れて行ってくれるお店の方がおいしいだろうし」

念のために予防線を張っておく。プロに勝てるとはまったく思っていないものの、やっぱり舌が肥えた伊吹に料理を振る舞うのは緊張した。

「そんなことない。いい匂いだし、杏奈が作ってくれたってことが俺には特別だから」

嬉しそうに言われて、心がくすぐったくなる。

彼が冷やしてくれていたワインで乾杯し、ふたり仲良く料理に手をつけた。

グラタンのホワイトソースも、サラダのドレッシングも、きちんと手作りした。伊吹のリクエストが手料理なら、とことんまでこだわりたかったからである。

彼はとても喜んでくれ、何度も「おいしい」と言ってくれた。

「どれも本当においしかった。今まで食べた中で一番好きな味かもしれない」

「さすがにそれは言いすぎだよ」

褒め上手な伊吹に、杏奈が苦笑を零す。けれど、お世辞でも嬉しかった。

ただ、肝心のケーキだけはスポンジが硬くなってしまい、見た目に反して不満が残る出来となった。

「ごめんね……。試作したときは上手くできたんだけど……」

伊吹の家のオーブンレンジは、とても性能がいい海外製品だ。

杏奈は使い慣れていないこともあり、少しばかり苦戦した。もしかしたら、温度調整を失敗したのかもしれない。

「無理して食べなくていいから残してね」

「なんで？　甘すぎないし、おいしいけど。デコレーションも綺麗だし、なにより杏奈が一生懸命作ってくれたんだ。杏奈がいらないなら、俺が全部食べるよ」

どこまでも優しい彼に、杏奈の方が幸せな気持ちにさせられる。

今日は伊吹の誕生日だというのに、自分の方がたくさんの喜びをもらっていると感じ、ほんの少しだけ申し訳なくもなった。

「ありがとう」

「俺の方こそ、こうしてわがままを叶えてくれてありがとう」

「こんなの、わがままのうちに入らないよ」

杏奈が彼にしてもらっていること思えば、たった数時間で完成した料理では感謝を伝えるには足りないくらいである。

「伊吹くん、改めてお誕生日おめでとう」

杏奈は幸福感を噛みしめながら、ペルーシュのロゴが入った紙袋を渡した。

「伊吹くんはなにもいらないって言ってたけど、私がどうしてもなにかプレゼントしたくて。もらってくれるかな？」

目を見開いていた伊吹が、すぐに笑顔を見せる。

「当たり前だろ。ありがとう」

彼はプレゼントを受け取ると、断りを入れてから紙袋から箱を出し、リボンを解いた。

杏奈が選んだのは、ペルーシュのメンズラインから出ているネクタイだった。

ネイビーを基調とした爽やかなストライプで、人気のデザインのもの。ブランドのロゴはさりげなく入っているため、ビジネスシーンでも使いやすいと評判がいい。

「仕事で使いやすそうなデザインだし、俺の好きな雰囲気だ。それに、ちょうど新しいものが欲しいと思ってたんだ」

思わず安堵した杏奈は、頬を綻ばせる。

「じゃあ、俺からも」

「え？」

テーブルに小さな箱が置かれ、杏奈が瞠目する。「開けてみて」と言われたが、なぜ自分がプレゼントをもらえるのか……と戸惑わずにはいられなかった。

「で、でも……今日は伊吹くんの誕生日なのに……」

「いいんだ。これは今日のお礼と、付き合って初めての誕生日を一緒に過ごしてくれた記念に、俺がなにか形に残したかっただけだから」

ためらいながらも、喜びが突き上げてくる。

リボンを解いて箱を開けると、中には腕時計が収まっていた。シルバーを基調としたシンプルなデザインだが、文字盤は淡いピンクで柔らかい雰囲気もある。

「すごく可愛い」

素直に零れた言葉に、伊吹が瞳を緩める。

「それなら仕事でも使えるだろ？」

「うん。……でも、本当にいいの？」

「ああ。むしろ、杏奈のために選んだものなんだから、杏奈が受け取ってくれないと困る」

冗談めかしたような言い方だが、そこには彼の優しさが詰まっている。杏奈は笑顔になると、

「ありがとう」と噛みしめるように伝えた。

「やっぱり、もっと豪華にお祝いしたかったな。私、伊吹くんには付き合う前からもらってばかりで、なにも返せてないんだもん」

直後、伊吹が幸せそうに破顔した。

「俺にとっては、杏奈と過ごせることが最高の誕生日プレゼントだよ」

杏奈は居ても立ってもいられないような気持ちにさせられ、立ち上がって対面にいる彼のもとに行く。そのままの勢いで、ぎゅうっと抱き着いた。

「杏奈……？」

「好き……。伊吹くんが大好き……！」

高級店の料理やプレゼントも嬉しいが、それよりももっと喜びを感じるのは伊吹が幸せそうに笑ってくれること。

ただそれだけで、杏奈の心はときめき、想いが溢れ出す。

「俺も好きだよ。きっと、杏奈が俺を想ってくれてるよりも何倍も、杏奈のことが好きだ」

そんなことはない、と言い返そうとした唇が塞がれてしまう。右手で後頭部を押さえられ、もう片方の手で腰をグッと抱かれ、杏奈は彼の脚を跨ぐように膝の上に乗せられた。

伊吹に力強く抱きしめられたまま、キスを受け入れる。唇を食まれて同じようにすれば、簡単に吐息が漏れた。

「杏奈、口開けて」

言われた通りに開けた唇の隙間から、熱い舌が侵入してくる。彼に応えたくて舌を差し出せば、ふたつの熱がすぐに絡み合った。

捕らえられて撫で回されている舌から、甘い痺れが広がっていく。

酸素が欲しくなって唇を開けば食らいつくようにキスが深くなり、混じり合った唾液が杏奈の唇の端から垂れた。

腰を抱いていた骨ばった手がブラウスの中に入り込み、背中をツツッ……と撫で上げる。それだけで背筋がゾクゾクと粟立ち、子宮がわずかに疼いた。

「伊吹く……っ、ケーキが……」

「いい。あとで俺が片付けるから、今は杏奈を食べさせて」

話しながらブラのホックを外され、手が前に回ってくる。頭では先に片付けなくてはいけないと思う杏奈だったが、たわわな乳房を軽く掴まれた直後には身体が反応していた。

すぐに突起を探り当てられ、指の腹でくるりとこすられる。

「あんっ……！」

淡い快感が杏奈を責め、ピリッとした痺れのような感覚が広がっていく。伊吹は指をすり合わせるように先端をクリクリといじくり、右手でブラウスのボタンを外し始めた。

「んぁっ！　ッ、待っ……んんっ」

「杏奈が誘ったんだろ」

「ちがっ……！」

「違わないよ。杏奈に可愛いことをされて、我慢なんてできるはずがない」

もっともらしい言い訳を耳にしながら、杏奈は甘やかな快楽の渦に呑み込まれていく。

明るいリビングで肢体を見せるのは恥ずかしいが、身体はどんどん感じてしまう。

そのうちに抵抗することも忘れ、寝室に連れて行かれたあとにはそう時間をかけずとも彼の愛撫に溶かされていった――。

## 二　居住地はベッドの上

八月も終わる頃、吹雪が職場にやってきた。

平日ということもあって、閉店時刻直前のペルーシュにはほとんど客がいない。店舗の前でアイコンタクトをしてきた彼を見て、杏奈は同僚に一言声をかけてからサッと駆け寄った。

「どうしたの？」

「職場の先輩の結婚祝いを買いに来たんだ。そろそろ閉店だし、もう上がりだろ？　せっかくだから、晩ご飯でも食べに行かないか？」

「あ、うん。でも、片付けとかあるから、まだ三十分以上かかるよ？」

「いいよ、待ってる。上のカフェにいるから、終わったら連絡して」

食品フロアは二十時、美容やファッションフロアは二十一時に閉店するが、レストランやカフェのあるフロアは二十二時まで開いている。杏奈が承諾すると、吹雪はすぐに立ち去った。

（珍しいな。吹雪くんってあんまりこのあたりに来ないって言ってたのに）

詳しい住所は知らないが、彼の自宅からそう遠くない範囲にも大手百貨店があるはずだ。平日でも混み合う東京駅前の高邑百貨店に、わざわざ来なくてもよかっただろう。

ただ、杏奈は特に深く考えることなく仕事に戻り、閉店後の業務に勤しんだ。

着替えを済ませて同僚たちよりも一足先に更衣室を出たところで、タイミングよく吹雪からメッセージが届いた。

そこに書かれていた待ち合わせ場所へと急ぐ。背が高い彼のことは、人混みの中でもすぐに見つけられた。

「吹雪くん」

「お疲れ」

「待たせてごめんね」

「いや、いいよ。急に誘ったし、そもそも杏奈が休みの可能性もあると思ってたから」

「事前に連絡くれたらよかったのに」

「いいんだ。会えなかったら、そういう運命だと思ってたからさ」

「大袈裟じゃない？」

杏奈はクスッと笑ったが、吹雪は意味深に苦笑を返しただけだった。

待っている間に近くの店を予約してくれたらしく、彼と肩を並べて向かう。着いた場所はカップルに人気のイタリアンレストランで、以前に伊吹や芙美とも来たことがあった。

「なに食べる？　帰りは送るから飲んでもいいぞ」

「ありがとう。でも、明日も仕事だから、お酒はやめておこうかな。ご飯はパスタかリゾットがいい」

「じゃあ、好きなもの頼め。俺は杏奈が食べたいものでいいし、シェアすればいいから」

「いいの？」

吹雪が「ああ」と頷き、杏奈は「ありがとう」と微笑む。

伊吹同様、吹雪もいつも杏奈のことを優先してくれる。兄弟揃って、昔から杏奈を妹のように可愛がってくれているが、こうして杏奈を甘やかしてくれるところなんてよく似ている。

ふたりともノンアルコールドリンクで乾杯をして、杏奈が選んだジェノベーゼのパスタとトマトクリームリゾット、サラダやポテトをシェアした。

「杏奈って、兄貴とよく会ってるんだよな？」

それまでは仕事の話をしていたふたりだったが、料理がなくなった頃に唐突に吹雪がそんな風に切り出した。

「え？　あ、うん……」

一瞬動揺してしまったのは、まだ家族には伊吹と付き合っていることを話していないから。

このまましばらくは言わないでいるべきかと思ったが、ここで打ち明けないと隠し事をしているような気もして、杏奈は意を決して口を開いた。

「あの、実はね……」

けれど、いざ言おうとしてみると、なんだか急激に恥ずかしくなってくる。

「もしかして兄貴と付き合ってる？」

「えっ!?　なんで……！」

まごつく杏奈に、吹雪が呆れたような微笑を浮かべる。驚いたものの、実家に帰ったときに彼が告白の件を知っていたことを思い出し、すぐに合点がいった。

「あ、そうだよね……。吹雪くん、伊吹くんが告白してくれたこと、知ってたもんね」

「まあ、兄貴から聞いてたし……」

「ふたりって仲がいいよね！　男兄弟で恋バナするって珍しくない？」

「別に仲がいい訳じゃない」

どこか不機嫌な表情に、杏奈はつい黙ってしまう。小さな気まずさをごまかすように、マンゴージュースが入ったグラスに口をつけた。

「って、そんな顔するなよ。仲がいいわけじゃないけど、悪いわけでもないから。ただ、今は仲良くする気分じゃないってだけで」

「……なにか事情でもあるの？」

「杏奈には教えてやらない」

「えーっ！　じゃあ、そんな風に言わないでよ。気になるじゃない」

わざとらしく吹雪を責めると、彼が「それは悪かったな」と悪びれもなく笑う。

そういえば、昔から吹雪とはこんな雰囲気になることが多かった。伊吹よりも年が近いせいか、吹雪とは気安く話したり軽口を叩いたり……なんてことは日常茶飯事だったのだ。

「そろそろ帰るか。家まで送る」

「ううん、大丈夫だよ」

「ダメ。杏奈になにかあったらどうするんだ」

杏奈は、吹雪が幼なじみとしてはもちろん、警察官という職業柄も心配してくれているのだと思い、素直に甘えることにする。

責任感の強い彼に感謝し、ふたりで電車に揺られて自宅に向かった。

＊　＊　＊

翌日、杏奈は早番の仕事を終えてから伊吹の家を訪れた。

「そういえば、昨日吹雪くんに会ったよ」

簡単に作った夕食とお風呂を済ませたあと、なにげなく昨日のことを口にした。

「え？　どこで？」

「高邑百貨店に先輩の結婚祝いを買いに来てて、私の仕事が終わるまであと少しだったから一緒に晩ご飯を食べたんだ。って言っても、食べ終わったらすぐに帰ったし、吹雪くんがアパートの前まで送ってくれたから大丈夫だったよ」

杏奈がいつもの調子で報告する。やましくも悪気もないため、包み隠さず打ち明けた。

「ふーん……」

直後、伊吹が眉を寄せる。それに気づいたときには、ソファに押し倒されていた。

「えっと……伊吹くん？」

幸か不幸か、ソファはふたりの身体が折り重なっても余裕があるほど大きい。しかし、彼に覆い被さられていることに動揺し、明らかに不機嫌な表情にドキリとした。

「俺以外の男とふたりきりで食事したんだな。しかも、よりによって吹雪と」

チッと舌打ちが聞こえ、杏奈は思わず肩を小さく跳ねさせてしまった。

「ふたりきりって……でも、吹雪くんは家族みたいなものだし、他の人だったら絶対に行かないよ？　もしかして、黙って行ったのがダメだった？」

「ダメに決まってるだろ。まあ、事前に訊かれたって許可なんてしないけどな」

だったらなにがダメだったのか。そう考える杏奈に、伊吹がため息をつく。

「えっと……ごめんなさい。今度からは伊吹くんにちゃんと連絡するから」

「そういう問題じゃない」

ぴしゃりと言い切られ、ますますどうすればいいのかわからなくなる。

吹雪は伊吹の弟で、幼い頃から家族ぐるみで付き合ってきた幼なじみだ。

伊吹と付き合うことになったからと言って、それまでなら普通に受けていた誘いを断るなんて考えてもみなかった。もしかして、伊吹と恋人になったからには、吹雪との付き合い方を変えなければいけなかったのだろうか。

杏奈が思考をグルグルと巡らせていると、伊吹がスッと目を眇めた。

「俺がなにに怒ってるかわかる？」

「……吹雪くんとふたりで会ったこと？」

「そうだな。それから？」

「えっ……あの、伊吹くんにすぐに連絡しなかったこと？」

「それで？」

まだあるのか……と、杏奈が困惑する。

程なくして、彼が痺れを切らしたように開口した。

「そもそも、俺以外の男とふたりきりで出掛けたのがダメだ。あと、吹雪に家の前まで送らせたことも。……まあ、杏奈をひとりで帰らせてたら、吹雪にも怒ってたけど」

（それって、結局はどうするのが正解だったの……？）

杏奈の疑問を察するがごとく、伊吹が微笑む。けれど、その目の奥は笑っていなかった。

「ちなみに、杏奈が俺以外の男とふたりきりで過ごした時点で、正解はないよ」

「えぇ……。あの、ごめんね？　今度からはもうしないから。吹雪くんにも、伊吹くんと付き合ってることは言ったし……」

「……そう」

伊吹の表情が、ほんのわずかに緩む。

杏奈が安心したのも束の間、彼が杏奈の身体に体重をかけた。

「でも、それはそれとして、杏奈にはちょっとお仕置きが必要だな」

重くも痛くもないが、伊吹の言葉は聞き流せないものだった。

「へっ……？」

うっすらと嗤う彼が、杏奈のルームウェアを一気にたくし上げる。パイル地のタンクトップが胸の上まで捲られ、抵抗する間もなくブラも押し上げられた。

「やっ……！」

突如、明るいリビングで上半身をさらすことになり、杏奈の頬が羞恥で染まる。

伊吹の誕生日にもダイニングチェアで愛撫はされたが、杏奈が恥ずかしがって『ベッドに行きたい』と懇願すると、服をすべて剥がれる前に寝室に移動してくれた。

「やだっ！」

ところが、今日は白昼のような明るいライトの下、豊かな双丘が丸見えになっている。咄嗟に両手で胸を隠すと、彼が不服そうに眉をひそめた。

「杏奈、手をどけて」

「だ、だって……」

「言っただろ？　これはお仕置きだ」

告白されてからも、付き合うようになってからも、伊吹はときに意地悪な一面を見せた。

しかし、それはいつも杏奈が不安を感じない程度のもので、情交のときだって本気で恥ずかしがって抵抗を見せれば無理強いはされなかった。

「今日は甘やかさないから」

それなのに、今夜の彼はいつもと違う。怖くはないが、杏奈の想像以上の羞恥に襲われそうで、なかなか手を動かせなかった。

「じゃあ、そのままでいいよ。その代わり、こっちを可愛がることにするから」

え……と声を漏らす間もなく、ショートパンツのウエスト部分から骨ばった手が侵入してきたかと思うと、そのままショーツの中を探られた。

「きゃあっ……！」

杏奈が反射的に胸から離した手を伸ばし、伊吹の右手を掴む。けれど、彼は杏奈の抵抗を物ともせずに左手で華奢な両手首を掴み返し、柔毛をかき分けて秘芽を見つけ出した。

「あっ……」

いきなり脆弱な部分を押され、杏奈の腰がビクッと跳ねる。まだ濡れてもいなかったが、突起の上で指を上下に動かされると、すぐに快感が芽吹いた。

杏奈は唇を噛み、声を押し殺すようにする。ただ、そんなものは意味がないと、杏奈自身がよくわかっていた。

快楽に抗おうとする杏奈だが、花芽をこすられているうちに下腹部が熱くなっていく。伊吹の左手は細い両手首を掴んだまま、杏奈の頭上で拘束した。

杏奈が必死に首を振っても、彼の責めは緩まない。

「んっ、っ……ぁっ」

蜜粒を愛でていた指が潤み始めた秘孔に軽く差し込まれ、蜜を纏ってまた元の場所に戻った刹那、噛みしめていた唇の隙間から甘い声が漏れた。

膨らみつつある小さな真珠に、ぬるりとした愛蜜を塗りたくるようにしてこすられる。

上下に、左右に、捏ねては押し上げて、クルクルと回すように。丹念でありながらも容赦のない愛撫は、杏奈の身体をゆっくりと確実に悦楽の中に堕としていく。

「あんっ、ぁっ……！　ダメッ……やぁぁっ！」

あっという間に高みへと押し上げられ、杏奈の身体がビクビクと震えた。

ところが、伊吹は手を休めない。

「ああっ……やっ、待っ……！　今、っ、ダメッ……」

指の腹で転がすように花芯を捏ね回され続け、戦慄く腰が引ける。けれど、彼がますます指を強く押しつけて責め立て、苛烈な刺激を受け止め切れない杏奈が連続で昇り詰めた。

「ひっ……あんっ、あぁっ……！」

数回跳ねた背中に合わせ、豊満な乳房がぷるんっと揺れる。その淫靡な光景に、伊吹は唇の端を軽く持ち上げた。

「今日はナカでもイけるようになろうか？」

「やっ……！　もう、無理……ッ」

呼吸を乱して涙を零す杏奈に、彼は容赦のない提案を寄越す。

これまでの情事では、杏奈はいつも外側の刺激で快感を得ていた。内側ではまだ大きな愉悦を上手く得られず、伊吹が内と外を同時に責めることで達していたのだ。

「そろそろナカだけでイけると思うよ。杏奈だって、気持ちいいことは好きだろ？」

俺が触ると嬉しそうに感じてくれるし……なんて囁かれて、羞恥でいっぱいになる。それでも、図星を突かれたせいで否定もできなかった。

伊吹が目を眇め、陰核に当てていた指を蜜口に押し込んだ。

「あっ……！」

グッと一気に根元まで差し込まれたのに、痛みも違和感もない。むしろ、喉を仰け反らせた杏奈は、内壁をこすられる感覚に身を震わせた。

「すごいな、とろとろだ。もしかして、強引にされる方が感じる？」

「ちがっ……！」

「杏奈はいじめられるのが好きなのかもしれないな」

首をぶんぶんと横に振った杏奈だが、隘路をくすぐる指に意識が持っていかれる。すぐに二本目の指も挿入されたというのに、抵抗感はまったくないままに受け入れていた。

「ふぁっ……ッ、んんっ」

指をぐるりと回されて、柔襞がきゅうきゅうと轟く。まるで、節だった指を食い締めるような反応を見せる杏奈に、彼は満悦の表情を浮かべていた。

入口近くを撫でられ、襞を伸ばすようにこすられて。流れ込んでくる喜悦に翻弄されていると、今度は指を鉤状《かぎじょう》にして下腹部側を刺激される。

押すようにこすり上げられるとたまらなくて、ぬかるみから漏れ出た雫が割れ目を伝い、シーツの中をぐちゃぐちゃに汚していった。

悦楽にはまだ少し足りないが、確実にそれに近い感覚はある。初めてのときとは遥かに違う感じ方に、杏奈は戸惑いながらも息を乱して喘いだ。

「ぁあんっ……っ、そこ……！　なんか、変……」

伊吹の指が同じ場所を引っかくたびに蜜路はすぼまり、ぎゅうぎゅうと締まる。触れられていない秘玉までもが痺れ、勝手に腰が引けるが、彼の指はいっそう蜜壁を抉った。

「やあっ……あぁんっ」

「杏奈がナカで一番感じるところだ。ほら、怖がらなくていいから身を委ねて」

立て続けに達したせいで身体はつらいのに、伊吹の優しい囁きに自然と従順になる。上手く力は抜けなかったが、聞き慣れた声音が杏奈に安心感を与えてくれた。

杏奈の声がいっそう高くなり、勝手に腰が揺らめく。

きっと、あと一歩。いつもならここでとどまっていた杏奈の身体に激しい電流のような喜悦が走り、指先まで駆け抜けていく。

とどめとばかりに蜜筒をグリグリと嬲られると、もうひとたまりもなかった。

「ひっ……あああぁぁぁぁっ……！」

今までで一番強烈な快感に、視界がチカチカと明滅する。指を勢いよく引き抜かれた秘孔からは小さな飛沫《しぶき》が上がり、全身がガクガクと震えていた。

杏奈が果てたことを自覚したのは、脳芯まで痺れていることに気づいたときだった。唇から零れる息はひどく乱れ、肌に触れる空気にすら身震いしそうになる。

酩酊しているように思考は働かず、ショートパンツとショーツを脱がされたことはおろか、彼が自分の上からどいたこともすぐにはわからなかった。

「杏奈、水飲んで」

程なくして聞こえてきた声を追うように、瞼を開ける。ほぼ同時に唇が塞がれ、そこから入ってきた水を自然と飲み干した。

今日初めてのキスがこれだなんて……と思いつつも、カラカラに渇いていた喉と身体には砂漠の中のオアシスのように心地よく、二度目の口移しも素直に受け入れていた。

喉と身体が潤った頃、悦楽に襲われ続けていた全身にわずかな余裕が戻ってきた。

しばらくぶりに視線が交わり、杏奈の中に安堵感が広がる。伊吹も微笑み、その表情からはさきほどの不機嫌さは消えていた。

「挿れるよ」

「えっ……？」

いつの間に準備を整えていたのか、反り勃つ剛直には薄膜が被されている。両膝の裏を抱えられて秘裂にそれをあてがわれると、グッと腰を押しつけられた。

「やっ……ちょっと待っ――ッ」

杏奈の制止を待たず、彼が雄芯を奥まで突き挿れる。杏奈は背中を反らせ、息を詰めた。

「もう待てない。さっきからずっと、杏奈のナカに挿りたくて仕方なかったんだ」

劣情と熱を孕ませた目で見据えられると、身体に残ったままの絶頂の名残を持て余しながらも拒絶なんてできなかった。

伊吹がＴシャツだけを脱ぎ、スウェットのパンツは中途半端に下ろしただけのままで腰をゆるりと揺らす。充溢《じゅういつ》した昂ぶりで蜜路がこすられ、杏奈は悩ましげな吐息を漏らした。

「いぶきく……くるし……」

いつにも増して膨張している雄杭が、幼気な姫洞を行き来する。激しさはないのに、杏奈の身体はしっかりと感じながらもその質量を持て余していた。

「まだ音を上げるのは早いよ。これからもっと深くまで挿れるんだから」

その言葉に背筋がぞくりと粟立った刹那、彼が杏奈の身体を起こした。

「あんっ！」

必然的に奥深くまで怒張が突き刺さり、杏奈は伊吹に胸を強調するようにして仰け反った。

「そういえば、今日はまだここを触ってなかったな」

わざとらしい声が聞こえたかと思うと、無造作にむにっと右の膨らみが揉まれる。豊満な白い果実はぐにゅっと形を変え、手のひらで先端を強くこすられた。

「ひゃぁんっ……」

なんとも情けない喘ぎが飛び出し、上半身で受けた刺激に連動して蜜道が収縮する。キュンキュンと轟く襞は、まるで屹立に纏わりつくようでもあった。

「これ、っ……深……」

さきほどよりもずっと苦しく、息が上手くできなくなっていく。けれど、伊吹は体位を変えるつもりはないのか、そのままゆるゆると腰を突き上げ始めた。

「ひっ、ぁっ、ああっ」

指で愛撫され続けていた脆弱な内壁を、今度は凶暴で獰猛な欲望でこすり上げられる。それがただの刺激で終わるはずがなく、杏奈の身体は喜悦として受け取った。

緩かった律動はすぐに速度を増し、戦慄く蜜襞を強く捏ねる。

右手で細い腰をグッと引き寄せ、左手ではたわわな乳房を揉みしだかれて。丸みを帯びた先端で隘路を縦横無尽に責め、トントンと奥を突かれる。

丁寧に絶え間のない抽挿が繰り返され、杏奈はどの刺激に感じているのかわからなくなるほど愉悦に溺れていった。

「そのうち、一番奥でもイけるようになろうな」

うっとりとしたような囁きも、杏奈の耳には上手く届かなくなっていく。

「ぅっ、んぁっ、あんっ……ッ、はぁんっ！　あっ、ぁっ、あぁぁぁっ……！」

下腹部の裏側をグリグリと嬲られると、白く柔らかな肢体が大きくのたうった。

「クッ……！」

痙攣する蜜窟にぶるっと胴震いした彼が、膜越しに精を放つ。ビクッ……と勢いよく迸った欲は、きつく締めつけてくる内壁によって最後の一滴まで搾り取られた。

様々な体液でどろどろの杏奈の傍で、伊吹が素早く処理を済ませる。そして、杏奈を抱き上げ、寝室に向かってベッドに下ろした。

（もうダメ……。動けないかも……）

杏奈は肩で息をしながら、ぼんやりとしたまま瞼を閉じようとする。ところが、不意に身体を翻された。

「えっ……」

漏れ出た声はか細く、もう体力が残っていないことを物語っていた。

それなのに、背後から感じたのは、自分とは違う逞しい肢体の感触と重み。ギョッとした瞬間、杏奈の耳朶を生温かいものがたどった。

「んっ……」

それが伊吹の舌だとわかるまでに数秒を要し、その間に悪魔のような囁きが紡がれる。

「次は杏奈がおねだりできるまで挿れてあげない」

直後、杏奈はまだお仕置きが終わっていないことを察した。

「んぁっ……あんっ」

もう無理だと訴えるよりも早く、秘所に硬いものが当たる。伊吹は杏奈の背中に覆い被さるようにし、再び昂っていた熱芯であわいをこすった。

くちゅんっ、グチュッ……と、さきほどの行為で生成された蜜が淫靡な音を奏で、彼の動きをサポートするかのごとく滑らせる。

ぷっくりと膨らんだ先端が、秘裂ごと陰核をいたぶった。

「あっ、あぁっ……やぁんっ」

伸びてきた大きな手が揺れる双丘を掴み、指先で突起を摘まむ。度重なる喜悦に襲われて赤く色づいていたそこは、まだほとんどいじられていないのにツンと尖っていた。

「ほら、全部気持ちいいな?」

伊吹はゆるゆると、けれど確実に可憐な三つの赤い真珠をいたぶる。いやらしい水音を響かせながら挿入時のように腰を動かされて、杏奈は甘苦しい快楽に襲われ続けた。

「杏奈のナカ、きっとさっきよりグズグズだ。今挿れたら、ふたりともすごく気持ちよくなれるよ」

決して強くはない、優しい責め。それなのに、すでに何度も果てている杏奈には苦悶にも似た感覚に思え、気づいたときには緩やかな絶頂の中にいた。

「ひっ……やめっ、ッ！　……イって、る……もう、イったからぁ……」

昇り詰めたまま下りてこられないのは、水中にいるときのように苦しかった。もう受け止め切れない悦楽を逃がしたいのに、彼の指も腰も止まらない。

これまでは激しいなりにも優しく抱かれ、ここまで立て続けに達することはなかった。けれど、それは伊吹が手加減してくれていただけだと知る。

「じゃあ、俺を欲しがって。『挿れて』って言ってくれたら、これで最後にしてあげる」

思考力が落ちている杏奈は、快感の沼から抜け出したくてたまらない。

「杏奈……っ、可愛い……。杏奈の可愛さは、俺だけが知っていればよかったんだ」

そのさなか、嫉妬だとわかるような言葉が紡がれ、杏奈の胸の奥が高鳴った。

解放してほしかったはずなのに、途端に愛おしさが込み上げてくる。気づけば、力なく振り返って口を開いていた。

「ッ、挿れて……。伊吹くっ……！　お願い……」

震える声で甘えれば、彼はうっとりとした笑みを浮かべて雄刀で杏奈を一気に貫いた。

「あぁぁっ……！」

杏奈の視界の中で激しい光が弾け、濁流のような絶頂感に襲われる。感じすぎて全身がのたうつように震えているが、骨ばった手が腰を掴んで杏奈の逃げ場を失くした。

次いで、容赦なく腰を突き上げられる。ズンッ……と重く凶暴に最奥を抉られると、杏奈は涙を零しながら喉を仰け反らせた。

「うぁっ……はぁんっ、あんっ、あぁっ」

掠れた声で喘ぎ、イヤイヤをするように首を横に振る。

「ッ……ん、気持ちいいな？　杏奈のナカ、俺のを必死に締めつけてくる」

過ぎた快感は苦しいのに、そう遠くない場所に高みが見える。これ以上達するのは怖いが、蜜路は剛直を離したくないと言わんばかりにぎゅうぎゅうと食い締めていた。

「杏奈……吹雪だけはダメだ。……ッ、もう絶対に、吹雪とふたりでは会うなよ？」

乱れた呼吸の合間に落とされる言葉が、限界寸前の杏奈の思考に辛うじて届く。もう考える気力もなかったが、杏奈は必死に首を縦に振った。

「いい子だ」

刹那、屹立が杏奈の下腹部側を穿つようにこすり上げる。

「あっ……あぁっ、んぁっ、ぁあんっ……ッ」

シーツに頬をつけながら甲高い声で啼く杏奈は、剥き出しになっていた秘芯をグリッと押し潰された瞬間、法悦の波に呑み込まれた。

「やぁぁぁっっ――！」

全身をびくつかせながら達し続ける杏奈を追うように、伊吹が瞼を閉じて歯噛みする。

「っ、ぅっ……ッ、クッ……！」

その直後に大きく胴震いすると、蠢動する蜜窟にしごかれて精を発した。

生き物のようにビクビクと跳ねる切っ先から、二度目とは思えないほどの飛沫が放たれる。

「ふぁっ……んっ、アッ……」

その刺激にすらよがった杏奈は、程なくして強張らせていた四肢をくたりと弛緩させた。

もう瞼を開けている力もなく、呼吸が整う前に思考が閉じていく。

「無理させすぎたな。このまま眠っていいよ」

そんな杏奈の唇に柔らかなものが触れたとき、今夜一番の安堵感が芽生えた。

「おやすみ、杏奈。愛してる」

甘い囁きはもうほとんど聞こえなかった杏奈だが、彼の匂いと腕の感覚に包まれながら意識を手放した。


翌日、杏奈は目を覚ましてすぐに昨夜のことを思い出し、羞恥でいっぱいになった。

同時に、今日が休みでよかった……と心底思う。この疲れ切った身体では、普段のように仕事ができるはずがない。

自分が悪いと反省しつつも、伊吹があそこまで嫉妬を見せた理由がわからなくて。なによりも、容赦のない情事には思わず膨れっ面になった。

「悪かった。今度はもう少し手加減するから」

伊吹が口にした〝今度は〟という言葉に悪寒がしつつも、眉を寄せて彼を見つめる。

「伊吹くんが嫌なら、もう吹雪くんとふたりで会ったりしない。でも、私だってあんな意地悪なやり方は嫌だよ……」

「ごめん。さすがにやりすぎたと思ってるよ」

自分と同様に反省している様子の伊吹に、杏奈は小さく頷いてみせる。

「じゃあ、キスしてくれる？」

「え？」

「昨日は全然してくれなかったでしょ？　ちょっと不安だったし、寂しかったから……」

恥じらいつつも上目遣いで伊吹を見る杏奈が、彼の目にはあまりにも可愛く映ってしまう。

シーツの下は互いに一糸纏わぬ姿で、さきほどから素肌が触れ合い、杏奈からは甘い香りが漂う。

伊吹はチュッと唇を触れ合わせたあとで、素早く半身を起こして杏奈に覆い被さった。

「杏奈……今すぐに抱きたい」

「っ……！　昨日いっぱいしたからもう無理だよ！　っていうか、伊吹くん、ちっとも反省してくれてない！」

「でも、きっと杏奈はすぐに反応してくれる。それに、ほら……ここ、まだ濡れてる」

下肢に伸ばされた指先が秘孔を撫でると、くちゅっ……と小さな音が鳴った。

「あっ……」

杏奈は首をぶんぶんと振ったが、色香を纏った笑みを浮かべた彼から逃げられないと予感した瞬間、下腹部がキュンと戦慄いた。

この日、ふたりはほとんどベッドから出ることなく過ごしたのだった――。

## 三　幸せの香り

九月に入っても猛暑続きだったが、十月になるとようやく暑さが和らいだ。

伊吹は相変わらず多忙なスケジュールの中で都合をつけてくれ、杏奈もできる限り彼との時間を優先している。

少し前に合鍵をもらったため、杏奈は休みの前日に泊まっていき、そのまま伊吹の家で過ごすことも増えた。半同棲とまでは言わないが、泊まった日数はもう数えていない。

杏奈が休みの日の朝は朝食を作って伊吹を送り出し、夜まで彼の家にいることもある。

伊吹は『なんでも好きに使っていいよ』と言ってくれていて、最近では夕食やお風呂の支度をして彼を出迎えるようになっていた。

日に日に忙しさが増している伊吹だが、それでも杏奈と一緒に過ごせるようにしてくれている。そんな彼に杏奈ができるのは、こんなことくらい。

なによりも、杏奈自身が伊吹と少しでも一緒にいたくて、この頃は彼に言われずとも泊まる準備をするようになっていた。

平和で穏やかな日々を送る中、杏奈は十月十七日に二十六歳の誕生日を迎えた。

ペルーシュではバースデー休暇制度があり、今日は杏奈も休みをもらえている。そして、伊吹も休暇を取ってくれていた。

「お仕事、本当に大丈夫？」

「ああ、大丈夫だ。電話くらいはかかってくるかもしれないが、この日のために昨日までに仕事を片付けておいたから、今日は心置きなく楽しもう」

「うん！」

先月のうちに、杏奈は伊吹から誕生日の過ごし方についてリクエストを訊かれ、『どこでもいいからお出掛けしたい』と答えた。

『買い物とか水族館とか旅行とか、伊吹くんとしたいことや行きたい場所がいっぱいあるの』

そして、杏奈の言葉に笑顔を見せた彼に、プランを任せることにしたのだ。

まずは車で銀座のラグジュアリーホテルに向かい、ラウンジでモーニングをした。

毎月変わるメニューが並ぶモーニングセットには、マヌカハニーのフレンチトーストをメインに、彩り豊かなフルーツサラダやオムレツ、パンプキンポタージュがついている。どれもとてもおいしく、特にフレンチトーストが絶品だった。

「次は買い物な」

ホテルに車を置いてそのまま街に繰り出すと、伊吹は「なにが見たい？」と尋ねた。

「えっと……」

「欲しいものがあればなんでもプレゼントする。今日は杏奈の誕生日だし、遠慮しなくていいから。どこに行く？」

杏奈は思考を巡らせたが、今すぐに欲しいものが浮かばなかった。

ブランドものが特別好きなわけでも、物欲が強いわけでもない。ただ彼と買い物がしたかっただけで、別にそれはウィンドウショッピングでよかったのだ……と気づいた。

「今は特になにもないかも」

「言うと思った。じゃあ、俺の買い物に付き合って」

「うん！　もちろん！」

即答した杏奈の手を引いた伊吹が、程近い場所にあるラグジュアリーブランドに入った。すかさず出迎えたスタッフに、彼は軽く会釈をしてスタスタと歩いていく。ただ、そこはメンズ商品が並ぶ棚ではなく、レディース商品が置かれているところだった。

「伊吹くん、こっちはレディースだよ」

「うん、知ってる。杏奈のルームウェアを買おうと思って。うちに泊まるときに着るやつ」

「えっ？　そんなのいいよ。今持ってるもので充分だし、ここ高いし……」

最後に声を潜めると、伊吹がおかしそうに笑う。そのあとで、耳元に顔を近づけられた。

「いいから。俺が杏奈のルームウェアを買いたいんだ。その代わり、俺に選ばせて」

彼がウキウキしたように、シルクのキャミソールとショートパンツのセットを手に取る。それは上品でありながらどこか色っぽく、杏奈は自分には似合わない気がした。

試着するように言われて「ちょっと大人っぽすぎない？」と返したが、伊吹はどこ吹く風といった様子である。「いいから」と腰に手を回してきた彼に、スタッフを呼ばれてしまった。

杏奈はたじろぎながらも、スタッフに案内されるがまま店内の奥へと向かう。試着室は広々としており、一人掛けのソファまで置かれていた。

ボルドーの生地はさらりとしていて触り心地がいいが、伊吹の前でこれ一枚で着るには少しばかり心許ない。着替えてみてもその感覚は変わらず、むしろ戸惑いが芽生えた。

（なんかこれ……ちょっとえっちな感じが……）

そういう系統のランジェリーではないのに、胸が強調されている気がする。キャミソールの胸元とショートパンツの裾に施されたお揃いの黒いレースのデザインは綺麗なのに色っぽくもあり、杏奈が愛用しているルームウェアとは雰囲気がまったく違った。

「杏奈、着れた？」

「っ……うん。あ、でも待っ——」

言い終わるよりも前にドアが開けられ、彼が入ってくる。一瞬ギョッとしたが、スタッフは外で待機しているようで、杏奈は胸を撫で下ろした。

「うん、いいな。そういうのも似合う」

「そうかな……？　でも、ちょっと落ち着かないっていうか……」

どぎまぎする杏奈に、伊吹が唇の端を持ち上げる。

「確かにエロいよな。普通のルームウェアなのに色気があって、そそられる」

耳元に彼の顔が寄せられ、「それを着た杏奈を抱きたい」なんて囁かれる。杏奈は瞬時に頬が熱くなったが、口をパクパクとさせることしかできなかった。

もちろん、伊吹が購入しないはずがなく、さらには「今度のデートで着て」と言われてワンピースまでプレゼントされた。

その後も、様々なラグジュアリーブランドを回った。

バスソルト、ヘアケアセット、ボディクリームにパンプス。オーダーメイドで作れる枕まで購入した伊吹は、そのたびに戸惑う杏奈に「うちで使うものだから」と微笑むばかり。

彼いわく、バスソルトは『一緒にお風呂に入るときに湯船に入れる』らしく、ヘアケアセットやボディクリームは『俺の好きな匂いを選びたいから』なのだとか。

枕は、『身体に合うものの方が疲れが取れるだろ』と当たり前のように言い切られた。

どれもこれも高級品で、杏奈が一気に買えるようなものではない。たとえば、ボーナスでも出ればこの中のひとつだけご褒美にするとしても、勇気がいる買い物ばかりだった。

最後に立ち寄ったのは、ジュエリーショップ。杏奈は必死に遠慮したが、伊吹が頑として譲らなかった。

ただ、ペルーシュではアクセサリー類の着用にルールがある。

結婚指輪以外の指輪とブレスレットはご法度で、ピアスやイヤリングも揺れるものは禁止されている。ネックレスも、派手なものや大きなものは認められていない。

ペルーシュのブランドイメージを守るのはもちろん、商品を傷つけないためでもある。

けれど、彼はそれを承知の上で、一粒ダイヤのネックレスを選んでいた。

結局、車の後部座席にはいくつものプレゼントが並べられることになった。

「さすがに買いすぎだよ……。これ、十年分くらいのプレゼントじゃない？」

伊吹がエンジンをかける前に、杏奈が困り顔で彼を見る。

「そうか？　杏奈があそこまで止めなかったら、俺はまだ何軒か回るつもりだったんだけど」

伊吹の感覚に、驚くやら戸惑うやら……。とはいえ、彼自身の日常生活は派手ではなく、心からプレゼントしたいと思ってくれているのだというのはわかる。

そのため、杏奈は「本当にありがとう」と笑顔を見せた。

「どういたしまして。でも、これは俺の自己満みたいなものだから」

「自己満？」

「ああ。杏奈の気を引きたくて、杏奈に喜んでもらいたくて、ただ必死なだけだよ」

ハンドルに肘をつき、伊吹が杏奈を見つめる。真っ直ぐな瞳に吸い込まれそうな感覚になりかけたとき、彼の顔が近づいてきて唇を奪われた。

チュッと音を立てて伊吹が離れたあとで、杏奈の頬が赤くなっていく。

「気持ちは嬉しいけど、こんなにプレゼントしてくれなくても私は伊吹くんしか見てないし、伊吹くんと一緒にいられるだけで嬉しいよ」

「うん、知ってる。それでも、俺が杏奈になにかしたいんだ」

素直に伝えた杏奈に、彼は嬉しそうにしていた。

フレンチレストランでランチコースを堪能したあとは、品川区にある水族館を訪れた。

聞けば、本当はランチの候補に壁一面に水槽が臨めるレストランも入れていたが、杏奈が水族館に行きたがっていたため、それはまた別の機会にしようと考えたのだとか。

充実しすぎているデートプランに、杏奈は面食らうような気持ちにもなった。けれど、それ以上に喜びが大きく、伊吹と手を繋いで館内に入った。

「昔も一緒に水族館に行ったことあるよね」

「ああ。でも、二回くらいだよな？　俺、最後に水族館に行ったのって中一の頃だし」

(中一ってことは家族で行ったときだよね？　じゃあ、デートで来たりはしてないんだ)

そんなことを考えた杏奈の頰が、自然と緩んでいく。すると、伊吹がクスッと笑った。

「俺が他の女性と水族館に行ってなくて安心した？」

「っ……！　そんなこと……ある、かもだけど……」

「ははっ。心配しなくても、この先も杏奈以外とは行かないよ」

「ふ、ふーん。そっか」

平静を装おうとしたが、杏奈の頰はどんどん綻ぶ。

しかも、さりげなく『この先も』なんて言われたものだから、杏奈はずっと先の未来のことまで想像して赤面してしまった。

彼はなにも言わなかったものの、杏奈の手を優しく握り直してきた。

「イルカショーまで時間があるな。ゆっくり回るか」

「うん。あっ、写真もいっぱい撮ろうね？」

「そういえば、付き合ってから写真なんて撮ってないな」

杏奈が頷き、「大人になってからはほとんど撮ってないんだよね」と苦笑を零す。

上京してからは、伊吹が毎年必ず誕生日を祝ってくれ、気を利かせたレストランの店員が写真撮影をしてくれたこともあった。誕生日を祝うために男女ふたりで店を訪れれば、たいていの場合は恋人同士に見えるだろう。

当時、杏奈は深く考えずに撮影してもらっていたため、彼とのツーショットはある。けれど、改めて恋人になった今だからこそ、伊吹と過ごした時間を記憶だけではなく形にも残しておきたかった。

「じゃあ、たくさん撮ろう。俺も杏奈との思い出が残せるのは嬉しいから」

彼はその言葉通り、何枚ものツーショット写真を撮ってくれた。自撮りはもちろん、スタッフや他の客に撮影を頼んでもくれ、あっという間に写真が増えていった。

背景が水槽というのが、とても映える。杏奈は伊吹と写真を撮るたびに笑顔になり、特にお気に入りの何枚かはプリントアウトして家に飾ろうと決めた。

館内をゆっくり回り、イルカショーも満喫した頃には、すっかり日が傾いていた。

「夜はうちを予約してあるんだ」

「うちって……ひなた？」

「ああ」

「いいの？　嬉しい！」

杏奈の顔がパッと明るくなり、運転席にいる伊吹が微笑む。

「別の店も考えたんだが、杏奈はしばらく行ってないだろ？　杏奈なら、洋食より和食の方がいいかなと思ってさ」

「うん。しかも、ひなたでご飯が食べられるなんて最高だよ」

きっと、彼に行きたいと言えば、いつでも連れて行ってくれるだろう。社長の特権で、早々に予約を取ってくれる様子が目に浮かぶ。

「言ってくれれば、いつでも予約を入れるよ」

「嬉しいけど、それはダメ。私にとって、ひなたは特別な場所なの。だから、本当に大事なときに行きたいんだ」

「言うと思った」

伊吹がおかしそうに、それでいて喜びをあらわにする。

中学校の入学祝いに彼の祖父から招待されたひなたは、杏奈にとって特別な店なのである。就職してすぐの頃にも伊吹が連れて行ってくれたが、それ以降は遠慮していた。さきほど言った言葉も本心だが、彼の店だからこそ安易に予約を取ってもらうのも違う気がするのだ。

とはいえ、今日は伊吹と付き合って初めての誕生日であり、年に一回訪れる誕生日の中でもさらに特別感がある日だ。恐らく、彼もそれを考えた上でひなたに予約を入れたのだろう。

喜色を浮かべる杏奈は、伊吹とともに彼の家に行き、今度は車ではなくタクシーで銀座店に連れられた。

「変わってないね。すごく雰囲気がいいし、ここに来ると背筋が伸びる気がするよ」

個室に通されると、杏奈は和室の匂いを堪能するように小さく深呼吸をした。

伊吹の祖父に招待してもらった日、とても大人になったような気分に包まれ、面映ゆくなりながらもドキドキしていた。当時とは少し違うが、今夜もやっぱり緊張感はある。

そんな中、まずは食前酒の山桃のワインで乾杯をした。

「杏奈、改めて誕生日おめでとう」

「ありがとう」

鼻先をくすぐる豊潤で甘い香りに負けず、濃厚で深い味わいだった。日本酒やワインは滅多に飲まない杏奈だが、あまりのおいしさに感動してしまう。

すると、伊吹が「好きなだけ飲んでいいよ」とクスッと笑った。

「もし酔っても、俺がちゃんと連れて帰るから」

朝からずっと甘やかしてくれている彼は、アルコールに強いため、杏奈が酔い潰れても大丈夫だろう。そんなつもりはないが、ワインが進みすぎないように気をつけようと思った。

料理は、十月の季節限定コースに加え、特別に用意してくれたものもあるのだとか。杏奈はワクワクして浮き立つ心を抑え込み、背筋を伸ばして料理を待った。

先付けは、ピーナッツ豆腐の上にいくらが載せられた帆立の焼霜《やきしも》で、山葵と振り柚子が混ぜられた泡醤油が添えられていた。

煮物椀は、えびしんじょの紫蘇の花仕立て。四角いえびしんじょが入ったすまし汁から濃厚なかつお出汁の香りが立ち上がり、自分で紫蘇の花を散らせるものだった。

「わぁ……！　すごく綺麗！　前に来たときは菊だったと思うけど、紫蘇の花も素敵だね」

「試食会のときから杏奈が好きそうな盛り付けだと思ってたけど、そんなに喜んでくれるとは思わなかったな」

その後も、造りや八寸、強肴《しいざかな》が運ばれてくる。造りがおいしいのはもちろんだが、彩り豊かな八寸は目にも舌にも鮮やかな感覚を与えてくれた。

ご飯ものは、アワビといくらの湯葉あんかけご飯。和食と魚介類が好きな杏奈の舌を存分に楽しませたあとには、デザートプレートが提供された。

ほうじ茶プリン、柿のムース、マスカットのジュレ、抹茶アイス、一口サイズのいちごのショートケーキ。それらとともに、飾り切りされたフルーツが数種類添えられたものだった。

プレートを囲むように『Happy Birthday』とチョコレートでメッセージまで書かれ、ラズベリーソースや粉糖で美しく彩られている。

伊吹の祖父に招待されたときも、就職祝いに伊吹が連れて来てくれたときも、こうしたデザートが振る舞われたが、そのときよりもさらに豪華だった。

「嬉しい……。でも、綺麗すぎて食べるのがもったいないね」

「早く食べないとアイスは溶けるよ」

「わかってるけど、写真だけ撮らせて」

一言断って写真を撮り、デザートもしっかり堪能した。その間、伊吹は嬉しそうにデザートを食べる杏奈を見ながら、満足げな面持ちで日本酒を嗜《たしな》んでいた。

「全部、本当においしかった！　連れて来てくれてありがとう」

「どういたしまして」

「あとで料理長たちにもお礼を言いたいんだけど、話せる時間ってあるかな？」

「そうだな。最後に挨拶に来るだろうから、そのときに感想を言ってくれると俺も嬉しい」

「うん」

その後、挨拶にやってきた料理長に、杏奈は料理の感想とお礼を丁寧に伝えた。

ひなたを出てすぐ、伊吹から『もう一軒付き合って』なんて言われたときには、バーにでも繰り出すのかと思っていた。

ところが、彼が連れて行ってくれたのは、グラツィオーゾホテルのエグゼクティブスイートルーム。ここに泊まると聞かされ、杏奈は目を真ん丸にした。

「旅行は無理だったから、今夜はホテルに泊まるだけだけど。でも、できるだけ早く旅行にも行こうな」

「うん。でも、もう充分すぎるよ……。っていうか、今日だけで一生分の誕生日を祝ってもらった気分なんだけど」

「これくらいで満足するなよ。来年も再来年も、俺はずっと杏奈の誕生日を祝うつもりでいるんだから」

優しく微笑まれて、胸の奥がキュンと締めつけられる。プロポーズに似た言葉の真意を確かめたい気持ちもあったが、今はそれよりも感謝を伝えたかった。

「ありがとう。伊吹くんが一緒に過ごしてくれるだけでも嬉しかったのに、人生で最高の日になったよ」

伊吹にギュッと抱き着き、そのまま踵《かかと》を上げる。背伸びをした杏奈は、彼の誕生日に贈ったネクタイを引っ張って、逞しい身体をグッと引き寄せた。

唇にそっと触れるだけのキスをして、ゆっくりと身体を離す。

直後、自然とふたりの視線が絡まった。

「こんなことされたら、今すぐに抱きたくなるんだけど」

微かに熱が灯った瞳を向けられて、杏奈の鼓動が大きく跳ねた。

いつもなら、きっと羞恥が先立って上手く素直になれなかったかもしれない。けれど、今夜なら少しだけ大胆になれる気がする。

「でも、それはもう少しあとのお楽しみだな」

ところが、杏奈が意を決するよりも早く、伊吹が窓際へと誘った。肩透かしを食らったような気持ちになりつつ、彼についていく。

夜景が望める位置にある小さなテーブルには、大きな花束とともにマグカップサイズほどの長方形の箱が置かれていた。

「これ……」

「誕生日プレゼントだ」

「でも、今日はいっぱいもらって……」

「あれは俺の自己満だって言っただろ？　本当の誕生日プレゼントは、この花と箱に入ってるものだよ」

「こんなにもらえないよ……。私、なにも返せないし……」

「バカだな。俺は杏奈に見返りなんて求めてない。こうして、ただ俺の傍にいてくれるだけでいいんだ」

杏奈の頬に触れた伊吹が、優しくくちづける。触れるだけではなく軽く食まれた唇に、甘い熱が芽生えた。

「それに、杏奈のためにオーダーメイドで作ってもらったんだ。だから、そんなこと言わずに受け取ってくれると嬉しい」

「……うん。ありがとう。開けてもいい？」

「ああ、もちろん」

杏奈は赤いリボンを解き、白亜のような色の箱の蓋をそっと開けた。

中に入っていたのは小さな瓶で、すぐに香水だとわかった。華奢な瓶には繊細な花のデザインが施され、茎や葉まで模されている。

「杏奈の誕生花の胡蝶蘭の香水だ。瓶もオリジナルでデザインしてくれるって言うから、胡蝶蘭にしてもらった」

「すごい……。特別すぎて、お姫様になったみたい」

子どもっぽい発言に思えたが、他に表現が見つからなかった。

しかし、世界にただひとつ、杏奈のためだけにあしらわれたものなのだから、過言ではないとも感じていた。

伊吹がクスリと笑い、瞳に感動の涙を浮かべていた杏奈をそっと抱きしめる。

「胡蝶蘭の花言葉って、『幸福が飛んでくる』だって知ってた?」

杏奈が首を小さく横に振ると、彼が幸せそうに目を細めた。

「俺に幸せをくれる杏奈にぴったりだと思ったんだ」

屈託のない笑顔を向けられて、杏奈の眦《まなじり》から涙が零れ落ちた。

「伊吹くん……大好き」

想いが溢れ出して止まらない杏奈が、勢いよく伊吹に抱き着く。さきほどよりももっと強く、彼の身体をぎゅうぅっ……と抱きしめた。

「こういう可愛いことをされると、今夜は寝かせてあげられなくなるよ」

冗談めかした声音には、わずかな劣情がこもっている。それに気づいた杏奈が、背中に回された腕の温もりを感じながら小さく頷いた。

「……うん、そうしてほしい。今夜はずっと、ぎゅうって抱きしめていて」

羞恥で震えそうになった声が伊吹に届いた刹那、彼は杏奈の顎を掬い上げるようにして唇を奪った。

噛みつくように食み、いやらしく舐めて。逸る感情を抑え切れないとばかりに、繰り返し唇がこすり合わされる。

隠す気のない雄の欲を受け入れようと、杏奈が唇を開ける。すると、伊吹の舌が口腔に入り込んで、杏奈の舌をくすぐるようにしながら捕らえた。

髪に差し込まれた大きな手が、杏奈の後頭部に回る。そのわずかな時間にも彼の舌が杏奈の口内を這い回り、遠慮なんて知らないと言わんばかりに我が物顔で侵していく。

歯列をたどったり、上顎を撫でたり。最初から激しくうごめき、あっという間に淫靡な水音が大きくなっていった。

「んっ……はぁ……」

酸素を欲して唇を離そうにも、伊吹の手に頭を押さえられて自由になれない。苦しいのに甘くて、下腹部が疼き始めたことに気づいた。

「あっ……」

グッと腰を押しつけてきた彼もまた、すでに雄の象徴を硬くしている。

互いに欲情しているのだと察し合ったふたりは、どちらからともなくますます唇を強く押しつけた。

腫れぼったくなるような感覚に包まれていく唇と、淡い痺れを感じ始めた身体。あちこちで熱が灯り、それがじれったく思えてくるほどに心も身体も高まっていく。

キスをしたまま隣室に移動し、広いベッドに絡み合うようにして倒れ込んだときには、杏奈のショーツの中がひんやりと冷たくなっていた。

「伊吹くん……もっと、キスして」

「バカ……。これ以上煽るなよ」

余裕のない表情も、掠れそうな声音も、唇に当たる熱い吐息も、全部が愛おしい。

突き上げてくるような恋情を感じながら、杏奈は伊吹の欲を一滴残らず受け止め切るまで彼の腕の中にいたいと思った――。

＊　＊　＊

それから数日後、杏奈が仕事を終えて帰宅すると、アパートの前に吹雪が立っていた。

「えっ？　吹雪くん!?」

予想もしなかった人物がいることにも、それが彼であることにも驚きを隠せない。同時に、伊吹からのお願いを思い出し、どうしたものかと困惑した。

「急に悪い。ちゃんと顔を見て渡したいと思ってさ」

差し出されたのは、高級パティスリーブランドのロゴが入った紙袋である。

人気のマカロンをメインに、チョコレートや焼き菓子などを展開しており、杏奈もときどきプレゼントでもらったり友人への誕生日に贈ったりすることがあった。

「えっと……」

「誕生日プレゼントだよ。杏奈、ここのマカロンが好きだって言ってただろ？」

確か、もうずっと前にそんなことを言ったような気もする。他愛のない会話だったし、杏奈は今の今まで忘れていたのだけれど。

「誕生日に渡したかったけど、当日はどうせ兄貴と過ごすだろうし。でも、杏奈のために買ったものだから、受け取ってくれないか」

押しつけがましくない言い方だった。

吹雪の気持ちを無下にしたくなかったが、これを受け取ればまた伊吹を不機嫌にさせてしまうだろう。なによりも、伊吹に嫌な思いをさせたくない。

「あの、吹雪くん……。気持ちは嬉しいんだけど――」

「兄貴に、俺と会うなとでも言われた？」

「えっ？」

「当たりか」

吹雪が苦笑を零す。杏奈が目を見開いていると、彼が眉を寄せたままふっと笑った。

「杏奈のことだから、俺とご飯を食べに行ったことを兄貴に素直に報告して、兄貴は不機嫌になったんじゃないか？　……で、『吹雪とはふたりきりで会うな』とでも言われたんだろ」

「どうして……」

寸分違わず言い当てられて、杏奈は瞬きを繰り返すことしかできない。

「わかるよ。仮にも、兄貴と幼なじみのことだぞ？　兄貴ほどじゃなくても、俺だって杏奈の性格は知ってるつもりだし、兄貴が考えそうなことくらい予想もつく」

釘も刺されてるしな、と吹雪が呟く。

「え？　釘？」

「いや、こっちの話だ」

吹雪は肩を竦めたが、杏奈はなんだか気まずくなってしまう。恋人同士のやり取りを見透かされたことが気恥ずかしかった……というのもあるのかもしれない。

「一応、消えるものにしたけど、どうしてもいらないって言うなら誰かにあげてくれ。さすがに自分で食べるのは虚しいからさ」

真っ直ぐな双眸にじっと見つめられ、杏奈は彼と紙袋を交互に見る。けれど、断り切れずに受け取ってしまった。

「心配するな。兄貴には俺が勝手に会いに来たって伝えておくから」

「ううん、いいよ！　ちゃんと自分で言う！　伊吹くんには自分で話したいから」

吹雪からプレゼントをもらった以上、伊吹に不快な思いをさせてしまうだろう。だったら、せめて自分の口からすべてを伝えたかった。

「わかった。じゃあ、またな」

「うん。ありがとう」

杏奈は家の中に誘わなかったし、吹雪も普通に帰っていこうとしている。それにホッとしながら手を振り、彼の背中を見送った。

部屋に入って程なく、プレゼントを開封する。中に入っていたのはマカロンのセットで、ギフト用の中でも高価な商品だったことを思い出す。

誕生日当日には吹雪からお祝いのメッセージが届いていて、杏奈は当たり障りなく【ありがとう】と返信した。彼の話ぶりから、あのときも気を使ってくれていたのだろうとわかる。

吹雪の言動に対して、少しだけ申し訳なさを感じながらスマホを取る。

そして、深呼吸をしてから伊吹に電話をかけた。

『もしもし、杏奈？』

「うん。今って大丈夫？」

『ああ。まだ会社だけど、もう誰もいないからいいよ』

仕事が終わっていない彼にこんな話をするのは申し訳ないが、それでも早く言っておいた方がいいのはわかる。

「あのね、さっき吹雪くんが家に来たの」

『え？』

「あっ、でも部屋には入れてないよ！　仕事から帰ってきたらアパートの前にいて……誕生日プレゼントを持ってきてくれたんだ。プレゼントは『いらないなら誰かにあげて』って」

杏奈は一部始終を報告し、プレゼントがマカロンだったことも付け足した。

「その……ごめんなさい。吹雪くんとはふたりでは会わないって約束したのに……」

沈黙が怖い。

伊吹を怒らせたり呆れさせたりしてしまったのではないかと、不安が大きくなる。

『謝らなくていいよ』

しかし、彼の口から出たのは、予想外の言葉だった。

『吹雪の方から会いに来て、しかもアパートの前にいたなら不可抗力だ。プレゼントは……まあ嫌じゃないと言えば嘘になるけど、杏奈が断れないのもわかるよ。杏奈にとって吹雪は大事な幼なじみだし、杏奈の性格なら無下にできないのも当然だ』

ふっと息を吐いた伊吹は、もしかしたら苦笑を零したのかもしれない。

『マカロンは杏奈が食べるといい』

「え？　でも……」

『いいよ。この間のことは、俺も一応反省してたんだ。その代わり、今度会ったときは杏奈からいっぱいキスして』

「っ……」

かあっと頬が熱くなったが、彼の優しさが嬉しかった。

「う、うん……」

『約束な』

わずかに声を弾ませた伊吹に、胸の奥が高鳴る。

杏奈はドキドキと脈打つ鼓動を感じながら、今すぐに彼に会いたくなってしまった。

## 四　小さな不安と戸惑う心

十二月に入っても、杏奈は伊吹と順調に付き合っていた。

恋人になって半年以上が経ったが、大きな喧嘩もすれ違いもなく過ごせている。

とはいえ、相変わらず彼にはドキドキさせられてばかりで、普段もベッドの中でも心と身体を翻弄されていることに変わりはない。

けれど、そういった感覚もある反面、付き合う前よりも彼と一緒にいるとリラックスできることも多く、なによりも心が満たされていた。

そんな中、今年はイヴもクリスマスも仕事の杏奈は、伊吹の提案で一週間早くクリスマスデートをすることになった。

最初は申し訳なく思ったものの、奇しくも彼も仕事なのだとか。しかも、クリスマスは日帰り出張で京都に行くらしい。

社会人ならではの切なさを感じつつも、そこはお互い様だと言い合えたのはありがたい。

残念な気持ちはあるが、杏奈は生まれて初めて恋人とクリスマスデートができることが嬉しくてたまらなかった。

待ちに待ったデートの日は早番だった。

終業時刻を迎えると早々に仕事を切り上げ、急ぎ足で更衣室に飛び込んだ。

誕生日に伊吹に買ってもらったワンピースとパンプス、そしてオーダーメイドの香水。それらを身に纏い、念入りにヘアメイクを直して待ち合わせ場所に向かった。

「伊吹くん！」

「お疲れ、杏奈」

彼に気づいた杏奈が駆け寄れば、柔らかい笑みが返ってくる。

「お迎え、ありがとう。それと、伊吹くんもお疲れ様」

伊吹が「どういたしまして」と言いながら助手席のドアを開け、杏奈を車内に促す。彼も運転席に回り、すぐさま車を出した。

ふたりは、これから表参道に繰り出すことになっている。互いへのクリスマスプレゼントを買いに行くのだ。

最初はサプライズで準備するのも楽しいかと考えていたのだが、杏奈はどれだけ悩んでも伊吹へのプレゼントを決められなかった。そこで思い切って本人に尋ねてみたところ、彼からそれぞれの欲しいものを贈り合うことを提案されたのだ。

杏奈はすぐに快諾し、今日をとても楽しみにしていた。

「杏奈は欲しいもの決まった？」

「うーん……実はまだ悩んでるんだよね。最初はスニーカーがいいなと思ったんだけど、コスメと仕事用の靴も気になってるものがあるんだ。あと、仕事中はつけられないけど、せっかくならブレスレットとかのアクセサリーもいいかなって」

「そんなものでいいのか？　だったら、全部買えば――」

「ダメだよ、伊吹くん」

杏奈がすかさず伊吹の言葉を遮り、眉を小さく寄せる。

「誕生日のときにいっぱいプレゼントをもらったし、今回はそんな風に甘やかさないで。それに、クリスマスプレゼントは交換なんだからね？　伊吹くんがたくさんプレゼントしてくれたら、私がお返しできなくなるでしょ」

「俺はそんなこと気にしないけど」

「そう言うと思ったけど、今日は譲れません」

珍しく強気な杏奈に、彼が苦笑を零す。それから息を小さく吐き、「わかったよ」と渋々承諾してくれた。

表参道の一角にあるパーキングに車を停め、目ぼしい店を回っていくことにした。

「そういえば、伊吹くんはなにが欲しいの？」

「今はそこまで必要なものもないし、杏奈がくれるものならなんでもいいんだけどな」

「それは困るよ。ちゃんと決めてくれないと、プレゼントできないじゃない。今日決めなくてもいいけど、リクエストは絶対にしてね」

「わかったわかった。ちゃんと自分のものも見るよ」

肩を寄せ合って表参道の街を歩くふたりは、何度も笑みを零す。

何軒もの店を回る中、ふと伊吹が誕生日プレゼントにくれたネックレスと同じブランド店が杏奈の目に留まった。

「入ってみる？」

「え？　でも、ここはちょっと……」

値段が桁ひとつ違うことを知っているため、杏奈が咄嗟に首を横に振る。すると、彼がクスッと笑った。

「じゃあ、俺に付き合って。ちょっと見たいものがあるんだ」

そう言われると、断る理由もない。杏奈は、彼とともに店内に足を踏み入れた。

シックな店内に反し、ショーケースに並ぶジュエリーはどれも煌びやかなものばかり。特に指輪が並んでいるスペースは、宝石のサイズや美しさが目立っていた。

「指輪が気になる？」

「ううん。素敵だなって思うけど、仕事中はつけられないし」

ペルーシュでは、結婚指輪以外の指輪の着用は認められていない。

ネックレスは、あの翌日からずっとつけている。仕事中もプライベートでも肌身離さず、お風呂に入るときだけ外していた。

「そうだな。まあ、今日は指輪をプレゼントするつもりはないけど」

「え？」

瞳を緩めた伊吹が杏奈の左手を取り、指先で薬指をそっとなぞる。

「最初にプレゼントする指輪は、ここにつけるやつがいいと思ってるから。それまでは他のもので我慢して」

周囲に人がいなければ、彼はきっと杏奈にキスをしていただろう。そんな風に思わされるような甘い空気が漂い、杏奈の鼓動が跳ね上がる。

「こ、こんなところでなに言ってるの……」

羞恥で頬を染める杏奈の口調は弱く、声も震えそうなほどに小さかった。しかし、伊吹は特に恥ずかしがる素振りもなく、楽しげに笑っているだけだった。

そんな杏奈たちを見ていたスタッフも、頬をほんのりと赤らめている。それに気づいた杏奈は、余計に恥ずかしくなった。

「あら……お客様が今つけていただいているネックレスは、弊社のものですね」

程なくして、スタッフが杏奈の首元に目をやって微笑んだ。

「あ、はい」

「でしたら、そちらのネックレスとお揃いのピアスとブレスレットが発売されたばかりなんですが、いかがですか？」

杏奈の答えを聞くよりも早く、ショーケースからピアスとブレスレットが出されてしまう。

「あの……」

「試着させていただいても構いませんか？」

「ブレスレットならご試着いただけます」

戸惑う杏奈を余所に、彼が話を進めていく。「左手を出して」と言われると、杏奈はうっかり言う通りにしてしまった。

「ああ、いいな。今日の服とも合うし、華奢なデザインだからよく似合ってる」

シルバーに、一粒だけのダイヤモンド。ネックレスとお揃いだとわかるデザインは、上品で美麗である。

ネックレスもそうだが、ブレスレットのデザインも杏奈の好みのど真ん中を突いている。プチプラなら、感じたときめきのままに自分で購入していただろう。

しかも、ネックレスとお揃いというのがまた、乙女心をくすぐってきた。

「杏奈はどう思う？」

「え？　あ、えっと、すごく素敵だけど……」

思わず見入っていた杏奈は、気に入ったことを隠すように苦笑を返す。なによりも、値札すらないものを選ぶ勇気はなかった。

「ブレスレットが欲しかったんだろ？　それに、杏奈はこういうデザインが好きだと思ってるんだが、俺の予想は外れたか？」

「ううん、そうじゃないよ。ただ……」

「じゃあ、これにしよう。ネックレスみたいに大事にしてくれたら、俺はそれだけで嬉しいから遠慮なんてするな」

伊吹は、杏奈がブレスレットを気に入ったことも、遠慮からこれを選ばないことも、きっと見透かしていたに違いない。彼の優しい笑顔が、言葉にされずともそう語っていた。

結局、ブレスレットをプレゼントしてもらった杏奈は、今度は伊吹のプレゼント探しに熱を入れた。

「本当になんでもいいからね。遠慮しないでリクエストしてね？」

彼の手を引っ張るように街を歩き、メンズブランドを探す。

「あ、ここ寄ってもいいか？」

三軒ほど回ったあとで、ようやく伊吹の方からそんな言葉が出た。杏奈は即答し、『キミシマグループ』が経営する大手スポーツメーカー『KSS《ケーエスエス》』のショップに入った。

国内シェアで上位を誇るKSSは、スポーツ用品を中心にスニーカーなども展開している。

メンズもレディースも充実しており、杏奈もバレーボール部員だった学生時代には何度かこの商品を買ってもらったことがあった。

「表参道にも店舗があったんだね」

「杏奈も使ってたよな？」

「学生時代にはね。就職してからは買ってないかも」

「そうか。俺、ここのスニーカーにしようかな。ちょうど新しいものが欲しかったんだ」

「スニーカーでいいの？　もっと高価なものでも大丈夫だよ？」

ブレスレットとのプレゼント交換というには、あまりにも大きな差がある。

さすがに同額程度のものを返すのは難しいが、それでもKSSのスニーカーは一般的な価格帯のものがほとんどである。仮にオーダーメイドにしたところで、ペルーシュの財布よりも安いはずだ。

「俺はKSSが好きだし、スニーカーが欲しいし、いいんだ。それに、杏奈がプレゼントしてくれるっていうだけで、俺にとっては特別なものになるんだよ」

ためらう杏奈に、彼が迷うことなく言い切ってしまう。

伊吹がそう言うなら……と頷き、杏奈は彼とともに何足ものスニーカーを見ていった。

三十分ほどして伊吹が気に入ったものが見つかり、購入しようとしたところ、スタッフが「こちらはレディースも展開されてますよ」なんて言い出した。

その瞬間、杏奈の脳裏に過った予想通り、彼に押されてお揃いで履くことになった。

伊吹のスニーカーは杏奈が購入したが、杏奈のものはもちろん彼が買ってくれた。

(これ、結局プレゼント交換になってないよ。むしろ、また私が高価なものをプレゼントしてもらっただけじゃない……)

言いたいことがない訳ではない。

けれど、満足げな表情の伊吹を見ていると、杏奈は彼には敵わないことを改めて思い知るしかなかった。


伊吹が予約してくれていたフレンチレストランに着いたのは、二十時前だった。

買い物は杏奈の想像とは違ってしまったが、とても楽しかったのは事実。彼も嬉しそうにしていて、せっかくならディナーを満喫しようと思った。

カップル席に伊吹と横並びで腰掛けた目の前には、都内の夜景が広がっている。ラグジュアリーホテルの三十五階ということもあり、遠くに東京タワーが見えた。

今夜は車のため、ドリンクはノンアルコールでペアリングしてもらうことにする。料理はクリスマス限定のフルコースらしく、杏奈は見慣れないメニュー名を見てワクワクした。

オードブルからポワソン、口直しのソルベに至るまで、どれもクリスマスを思わせるような盛り付けとメニューばかりだった。

高級素材ばかりが使われた上品な料理たちは、庶民の杏奈の舌を存分に楽しませてくれる。ヴィアンドに至っては、国産の最高級の黒毛和牛が口の中でとろけるようだった。

デセールはブッシュ・ド・ノエルで、飴細工やチョコレートで飾られたプレートは可愛くも美しくもあった。

食後のコーヒーまで堪能したところで、杏奈はふぅ……と息を吐いた。

「どれも本当においしかった。でも、お腹いっぱいすぎてちょっと休憩したい」

「今日はうちに一緒に帰るんだし、ゆっくりすればいいよ」

「そうだね」

小さく高鳴った鼓動に気づかれないように、にっこりと笑みを浮かべる。けれど、クッと笑った彼には色々と見透かされている気がした。

「帰ったら、一緒にお風呂に入ろうか」

「えっ⁉」

思わず声を上げた杏奈が、すぐにハッとして周囲を見る。幸いにも、他の客たちには聞こえていないようだった。

「それはちょっと……」

「なんだ。やっぱりまだダメか」

「だって、恥ずかしいし……」

もごもご口ごもる杏奈に、伊吹が悪戯っぽく唇の端を持ち上げる。

「もう全部見てるのに？」

潜められた声だったのに、杏奈の鼓膜にはしっかりと届いた。

「伊吹くんっ……！　こんなところで変なこと言わないで……！」

それぞれのテーブルは程よく離れているが、料理をサーブするウェイターたちに聞かれるとも限らない。

「誰にも聞こえてないよ」

余裕そうに微笑むだけの彼に反し、杏奈はなんだか落ち着かなくなってしまった。

「あの入浴剤が使えるのは、まだまだ先になりそうだな」

「意地悪……」

「拗ねるなよ。お風呂はまた今度でいいから、今夜はたっぷりキスさせて」

耳元で囁かれた刹那、杏奈の下腹部がきゅっとすぼまったように震えた。さりげなく回された手がウエストあたりに触れて、腰が砕けそうになる。

たじろぐ杏奈に反し、伊吹はやけに上機嫌だった。

それから程なくして、杏奈は彼に誘われてレストランを後にした。

「伊吹？」

一階に下りてロビーを歩いていたとき、背後から落ち着いた声が飛んできた。同時に振り返ったふたりの視界に、ひとりの女性の姿が入ってくる。

「……ああ、高橋さん」

口を開いた伊吹は、一瞬思い直すようにして菜穂子の名前を呼んだ。杏奈はその様子に違和感を覚えながらも、彼女の容姿に目を奪われた。

凛とした声に似合う、美麗な相貌。身長も腰の位置も高く、それでいて女性らしい身体つきをしている。

艶のあるボブヘアと赤い口紅が印象的だった。

(綺麗な人だな)

杏奈は菜穂子を見ながら、ぼんやりとそんなことを考える。

「偶然ね。……あら、デート中だった？」

「これから帰るところだ」

「そう。私もさっきまでこの上のバーで飲んでたの。今は忘れ物を取りに行った友人を待ってるところ」

彼女は端的に説明すると、杏奈に向けて微笑んだ。

「はじめまして、高橋菜穂子です。伊吹……日向くんとは大学の同級生で、最近では仕事でもお世話になってます」

菜穂子がバッグから名刺を取り出し、杏奈に差し出す。杏奈はわずかにためらいつつも受け取り、自分もハンドバッグから名刺入れを手に取り、彼女に名刺を渡した。

「はじめまして、三鷹杏奈です。伊吹くんとは、えっと……」

「恋人だ」

言葉に詰まった杏奈の代わりに、彼がきっぱりと言い切る。

「見ればわかるわよ」

さきほどまで伊吹と手を繋いでいたし、杏奈がバッグから名刺を出すことがなければ彼は手を離さなかったかもしれない。

つまり、自分たちの関係を隠す気はないということ。それが嬉しい反面、美人な菜穂子を前にすると気後れするような感覚に包まれ、杏奈の心は落ち着かなかった。

「あら、杏奈さんってペルーシュのスタッフなのね。私、ときどき銀座店に買いに行くのよ」

「そうなんですか？　ありがとうございます」

この場から早く去りたくなった杏奈だが、彼女の言葉で脳内が仕事モードに切り替わる。

「高邑百貨店ってことは、あの一階のところ？」

「そうです。もしよろしければ、ぜひ高邑百貨店にもいらしてください」

「じゃあ、近いうちにお邪魔しようかしら。ちょうど財布を新調したいと思ってたから、杏奈さんに相談に乗ってもらうのもいいかも」

「高橋さん」

明るく話す菜穂子に、まるで伊吹が水を差すように口を挟む。杏奈には、なぜか彼がなにかを隠したがっているように見えてしまった。

「ああ、そうね。引き止めてごめんなさい。杏奈さん、近いうちにお店に伺うわね。日向くんはまた仕事で」

杏奈は笑顔で「はい」と頭を下げたが、伊吹は眉を寄せていた。そんな彼のことが気になりながらも、それを上手く言語化できなかった。


「杏奈」

伊吹が神妙な顔で切り出したのは、彼の家に一緒に帰って一時間ほどが経った頃のこと。交代でお風呂を済ませ、そろそろ寝室に移動する予感がしていた杏奈だったが、伊吹の様子を見て心臓がキュッと縮こまった。

「話がある」

「うん……」

十秒ほど沈黙に包まれ、ふたりらしくない気まずい空気が流れる。

「えっと、たぶん高橋さんのこと……だよね？　もしかして、前に付き合ってたとか？」

努めて明るく振る舞う杏奈だが、顔つきはいかにも強張っていた。

「そうだ。でも、勘違いしないでほしいんだが、今は仕事以外ではほとんど接点はないし、今後もプライベートで会うことは滅多にないから」

杏奈の不安を素早く察した彼が、まずは重要なことから告げ、「ちゃんと話すから勘違いだけはしないでくれ」と念押しした。

「高橋とは確かに付き合ってたが、もう何年も前のことだ。仕事での付き合いも本当に偶然だし、俺自身が直接関わる機会はない」

伊吹は鏑木食品の担当者が代わったことや菜穂子が引き継いだという経緯も説明した上で、杏奈の目を真っ直ぐ見つめた。

「だから、やましいことは一切ないし、杏奈はなにも心配しなくていいから」

「うん……」

そうは言っても、あの様子なら高邑百貨店に来る可能性はあるだろう。仕事だと割り切るつもりでいるが、彼女の対応をしなくてはいけないのは複雑だった。

「高橋には、杏奈の職場には行かないように言っておく。変なことをするような人間じゃないが、だからと言って杏奈が嫌な思いをしないとも限らないからな」

ため息をついた彼に、杏奈の胸の奥が微かに痛んだ。

菜穂子と関わることになると複雑で、本音を言えばできれば避けたい。ただ、そんなことをすれば、伊吹に信頼されているらしい彼女に負けたような気持ちになりそうだった。

美人で、大人で、落ち着いた女性。元カレの恋人にも好意的で、嫌味な部分もない。

外見も内面も完璧に見えた菜穂子が彼と付き合っていたのは、紛れもない事実なのだ。

どう考えても外見で勝てるはずもないのに、内面でもひとつも敵わないとなれば、杏奈は自分が嫌になりそうだった。

「そんなことしなくていいよ」

「いや、だが……」

「私にとっては仕事だし、高橋さんだってわざわざお店で変な話はしないんじゃないかな」

精一杯の笑みを浮かべ、平気なふりをする。

さきほどからずっと、彼女と自身のことを比べてしまっていた。

恐らく無意識だったが、伊吹の話を聞いたことでそれが明確化されたのだろう。小さな不安とともに、心に戸惑いが芽生えていた。

もっと言えば、菜穂子に対してコンプレックスを抱いてしまっているのかもしれない。

「いいのか？」

「うん。売上になるかもしれないし、ちゃんと仕事として対応するから心配しないで」

「杏奈がそう言うなら……。でも、なにかあれば必ず俺に話してほしい」

彼は心配そうにしていたが、杏奈は笑顔を崩さずに頷いてみせた。

「ひとつだけ訊いてもいい？」

「ああ、もちろん」

「……高橋さんとは、本当にプライベートで会うことはほとんどない？」

杏奈が伊吹をじっと見つめれば、彼が申し訳なさそうに眉を下げた。

「正直に言うと、数か月前の大学時代の飲み会では顔を合わせた。俺は高橋が来ることを知らなかったし、そのときは杏奈に言う必要もないと思ってたから言わなかったが……」

言い分は理解できるし、疑心があるわけでもない。

それでも、沈んでしまった杏奈の心は晴れず、今夜の楽しかった時間がどこかに流されていくようだった。

「うん、わかった……。伊吹くんの言うことを信じるよ」

「ごめん。今後は会わないようにするし、大学時代の飲み会も男だけのときしか参加しない」

「そんなことしなくていいよ。伊吹くんのことは本当に信じてるし、私のために友達付き合いを変えたりしないでね」

伊吹は眉を下げたままだったが、杏奈の思いやりを受け取るように小さく頷いた。

程なくして、気まずさを残しながらもふたりで寝室に移動した。

ただ、いつものような雰囲気にはならない。

今夜はきっと、甘い時間になるはずだった。けれど、杏奈はもうそんな気分にはなれず、彼も杏奈の気持ちを察するようにキス以上のことはしてこなかった。

# 四章　この溺愛からは逃れられない

## 一　劣等感とちっぽけなプライド

クリスマスが過ぎ、世間一般では仕事納めを迎えた日。

「こんばんは」

閉店時刻まで一時間を切ったペルーシュに、菜穂子が現れた。杏奈は一瞬顔を強張らせてしまいそうだったものの、すぐに営業スマイルを浮かべる。

「いらっしゃいませ、高橋様」

「この間話してた通り、財布を見に来たの。もしよければ、杏奈さんに対応してもらいたいんだけど、頼める？」

「ありがとうございます。私でよければ、ご案内させていただきます」

(大丈夫。いつも通りにすればいいだけなんだし)

杏奈は心の中で自分自身に言い聞かせながら、彼女を財布のコーナーに促す。年末年始で客が増えることを見越し、ちょうど昨夜にディスプレイを変えたばかりだった。

「三つ折りの新作があったでしょ？　あのベージュとグレー、あと定番のデザインの同じ色も見せてもらえる？　それと、杏奈さんのおすすめも」

「承知いたしました。こちらでお待ちくださいませ」

菜穂子に言われた商品とともに、ペルーシュで人気のものと杏奈自身のおすすめも手に取って彼女のもとに戻る。そのままカウンターに商品を並べていった。

「こちらが新作と定番のデザインになります。そして、この二点が当店でも特に人気のもので、私自身のおすすめはこちらの商品になります」

カウンターに置いた四種類、八色の財布に、菜穂子が視線を落とす。型はすべて三つ折り、カラーに関しても彼女が最初に希望したベージュとグレーを用意した。

「三つ折りはお札がコの字に曲がるのが好きじゃないんだけど、バッグが小さいと長財布だと嵩張っちゃうでしょう？　今は長財布を使ってるんだけど、友人の勧めもあって三つ折りを使ってみようかと思って」

「そうでしたか。確かに、お札の曲がり方を気にされる方もいらっしゃいますが、私自身はそれほど気になりません。私は小さなバッグを持ち歩くことの方が多いので、もうずっと三つ折りを愛用してますが、長財布よりも気に入っています」

彼女が「そう」と相槌を打ち、「触ってもいい？」と杏奈を見る。

「はい。ぜひお手に取って触り心地や中を確かめてみてください」

「ありがとう」

菜穂子は、四種類の財布をひとつずつ手に取っていき、ボタンを開いて中も見ていた。カード入れなどの細かい部分もじっくり確かめる姿から、財布が欲しいのは本心なのだとわかる。

「デザインは新作が好きなんだけど、使い勝手がよさそうなのは定番ね。でも、杏奈さんのおすすめも使いやすそう」

正直に言えば、彼女は自分を品定めでもする気かもしれないと、小さな疑心もあった。けれど、向けられた笑顔からは、そんなものは感じなかった。

「うーん……やっぱりもう少し考えてから買おうかな。杏奈さんには申し訳ないんだけど」

「いいえ、大丈夫です。お財布は毎日のように使うものですし、やはりご自身が気に入ったものを選ばれることをお勧めします。お安いものではありませんし、ご納得されてからご購入いただける方が私も嬉しいです」

「ありがとう」

微笑んだ菜穂子が、数秒ほどなにかを考えるような表情になる。

「仕事が終わったら少し時間はある？　よければ一杯だけ付き合ってくれない？」

「え……？」

まさか飲みに誘われるなんて思わず、杏奈は目を丸くした。しかし、他意はないように見えるし、スタッフと客という立場もあって断るのも憚られる。

「ですが、閉店してからの業務に三十分はかかりますし……」

「平気よ。先に飲んで待ってるからゆっくり来てくれて構わないし、どうかしら？」

ここまで言われて断れるかと考えたとき、杏奈には無理だった。

「わかりました」

杏奈が頷くと、彼女は待ち合わせ場所の店名を告げて笑顔で立ち去った。


「お待たせしてすみません」

「いいの。こちらこそ、突然誘ってごめんなさい」

菜穂子に指定されたイタリアンバルに着くと、彼女は好意的な笑顔を見せた。「座って」と言われた杏奈は、会釈をして対面の椅子を引く。

「お酒は飲める方？」

「人並みには……。ただ、明日は早番なので、今夜は遠慮させてください」

「そう。じゃあ、ノンアルにしましょう。私も次からはそうするわ」

杏奈がドリンクを選べば、菜穂子がタブレットで注文した。

(……なにか話があるんだよね？　っていうか、話なら伊吹くんのことしかないだろうけど)

話題の種と言えば、伊吹のこと以外に考えられない。ふたりの共通点は彼だけで、他にはなにもないのだから。

ただ、ここに来るまでになにを言われるのか考え尽くしたが、杏奈の脳裏に浮かんだのは嫌な言葉ばかりだった。

ドリンクが運ばれてくると、彼女に促されてなぜか乾杯をした。甘くてさっぱりとしたシンデレラが仕事で疲れた身体に沁み渡るが、こんな状況でリラックスはできない。

杏奈は、菜穂子の話が聞きたいわけではなかったが、できるだけ早く本題に入ってほしいとは思っていた。

「今日は突然お邪魔してごめんなさいね」

「いえ。ご来店いただき、ありがとうございました」

彼女に勧められて、サラダを取り皿に入れる。生ハムとルッコラを口に放り込んだとき、「あのね」と控えめに切り出された。

「日向くんからなにか言われた？」

その問いの意味は、すぐにわかった。

「えっと……」

けれど、どう答えようか悩んだせいで言葉に詰まり、思わず視線も彷徨わせてしまう。

「……そう。聞いたのね。だったら、私があなたのお店に行ったのは図々しすぎるわね。嫌な思いをさせていたら、本当にごめんなさい」

「そんな……嫌な思いなんて……」

驚きや戸惑いはあったが、菜穂子自身に対して嫌悪感のようなものはない。もやもやしていないと言えば嘘になるが、それが彼女のせいかと言えば違うからである。

正直なところ、今の状況には困惑していた。

しかし、先日も今日もなにかされたわけではない。菜穂子の言動を振り返ってみても、杏奈が不快に思うようなものはなかった。

むしろ、外見も内面も非の打ち所がない彼女が、ますます素敵な女性に見えて困っているくらいである。

「高橋さんはいい人そうですし、伊吹くんも信頼してるみたいですから……」

話しながら、杏奈の胸の奥が小さく痛んだ。

別れてもなお、伊吹から信頼されている菜穂子と彼の関係がとても大人のように思えて、自分には入っていけないような壁を感じたからかもしれない。

「いい人なんかじゃないわよ。今日だって、本当はあなたのことを品定めしてやろうって気持ちもあったもの」

「え？」

突然の告白に、杏奈がきょとんとする。とてもそんな風に見えなかったと言わんばかりに驚く杏奈に、彼女が自嘲気味に微笑んだ。

「実は、数か月前に大学時代の集まりがあって、そこで久しぶりに日向くんと会ったの。正確には仕事では顔を合わせてたけど、彼は公私混同するようなタイプじゃないし、プライベートな会話をしたのはそのときが久しぶりだった……って言えばいいかな」

菜穂子が赤ワインを一口飲む。グラスに唇をつける姿すらしっとりとした色気があって、杏奈は思わず彼女に見入ってしまった。

「そしたら、日向くんは私の話よりもあなたから来たメッセージを気にしてて、なんだか悔しくなったの。メッセージを読んでる顔があまりにも幸せそうだったんだけど、私といたときは一度もそんな顔をしたことがなかったから」

「えっと……」

「私と付き合ってたときは全然本気じゃなかったんだ、って思い知らされたの。しかも、私は別れたことを何度も後悔したのに、彼の中ではなんでもない出来事のひとつなんだろうなって考えたら、もうムカムカしちゃって！　あ、杏奈さんじゃなくて日向くんにね！」

最初よりも戸惑いが大きくなった杏奈は、口調がヒートアップしていく菜穂子の勢いに気圧されて思わず相槌を打ってしまう。

「私はミスコンで優勝経験もあるし、彼に負けないくらいモテたのよ？　それなのに、別れ話をしても天気の話でもしてるようなテンションであっさり受け入れられて、悔しかった。さすがに昔のことだからそういう気持ちは忘れてたけど、あの日はっきり思い出したのよね」

初対面と言えるくらいの関係性なのに、まるで愚痴を聞かされている気分だった。

「そのせいで、あのクールな日向くんを夢中にさせるのはどんな人なんだろうって、気になって仕方がなくなって……。この間あなたに会ったらもっと興味が湧いて、ついお店まで行ってしまったの。あ、でも、財布が欲しいのも本当だったのよ」

素直に「ごめんなさいね」と言われて、杏奈が首を横に振る。口にはしなかったが、彼女が自分のところで購入しそうにないというのはなんとなく気づいていた。

職業柄、本当に欲しいかどうか、そして買う気があるかどうかの見極めは、だいたいできるつもりでいる。『欲しい＝購入する』ではないのが販売業の難しいところでもあるため、自然と察することができるようになっていた。

「それは大丈夫です。あの、でも……どうして私の仕事が終わるのを待ってまで、こうして私と飲もうと思われたんですか？」

「そうねぇ……ひとつは、杏奈さんにとっては嫌なことをしただろうから謝りたかったの。あともうひとつは、あなたとちゃんと話してみたかったのかもしれないわ」

菜穂子自身も、自分の言動が不思議だったのだろうか。彼女の口調には、今までになかった戸惑いが混じっているようだった。

「本当にごめんなさい。日向くんから私との関係を聞いてたなら、きっと嫌な思いをさせたわよね。でも、意地悪してやろうとかいう気持ちはなかったの。ただ、私の人生で唯一振り向かせられなかった彼とのことに、ちゃんとケリをつけたかっただけだったのよ」

杏奈がたじろぎつつも小さく頷けば、菜穂子が苦笑交じりにため息をついた。

「思い出は美化されるから、きっと日向くんとのことも勝手に美化して気になっただけだったんだと思う。でも、それだって私だけの話で、彼は当時からちっとも私のことなんて好きじゃなかったわ。本人はたぶんわかってないけどね」

「そんなこと……。伊吹くんは誠実な人ですし……」

伊吹が他の女性を好きだった話なんてしたくないが、それでも彼がいい加減なように思われるのも嫌だった。だから、自然と庇うような言葉が出ていたのだろう。

「杏奈さんは優しい人ね。でも、違うのよ。日向くんって昔からあまり自分のことを話さないし、他人には必要以上に深入りしないの」

ところが、彼女から返ってきたのは、杏奈が知っている伊吹とはかけ離れた姿だった。

「それは友人だけじゃなくて、恋人になっても同じだった。私は日向くんを好きだったけど、彼は恋人になっても深入りさせてくれない雰囲気を纏ったままだったのよ。本人は無意識なんだろうけど、それって結構罪よね。おかげで何年も引きずる羽目になったわ」

杏奈には信じられないことだが、菜穂子が本気でそう思っているのは表情を見ればわかる。

「でも、これですっきりできたわ。杏奈さんを巻き込んでしまって申し訳なかったけど、私の恋愛で唯一悔しかった思い出に決別できそう」

そのため、口を挟まずに話を聞いていると、彼女がすっきりとした顔で笑った。

「私、もうすぐ結婚するの。だから、なにも心配しないでね。日向くんのことは心配いらないだろうけど、私も彼に対して気持ちが残ってるわけじゃなかったし。本当に、ただ過去に区切りをつけたかっただけなの。杏奈さんにしてみれば、信用できないかもしれないけど……」

「いえ……。それは大丈夫です」

笑顔を返したが、心の中のもやもやとしたものはさらに大きくなっていた。

菜穂子は外見だけではなく内面も非の打ち所がない、と改めて感じたからである。

杏奈に会いに来たりこんな風に飲みに誘ったりするところは理解しづらいが、その理由をきちんと告げた上で誠実に謝罪もしてくれた。

いっそのこと、彼女が嫌な女性ならよかった。

そうすれば、こんな風に自分と菜穂子を比べて落ち込むこともなかったかもしれない。

美人で中身まで完璧な元カノという存在を見てしまったからこそ、杏奈は自分の魅力も伊吹が好きになってくれた理由もわからなくなってしまった。

もともと、自信なんてまったくなかった。

ごく普通のどこにでもいる、年相応の女性。仕事が好きで、目標があって、自分なりに努力をしているつもりだが、世の中にはそんな人間はごまんといる。

幼なじみという特別なステータスがなければ、きっと彼のような男性と近づくことすら叶わないだろう。

だからこそ、最初からほとんどなかった自信が根こそぎ消えたどころか、伊吹に釣り合わないことを痛感してしまった。

彼の気持ちを疑っているわけではないのに、急激に不安に包まれていく。

ドリンクを飲み終えた杏奈は、「そろそろ……」と切り出して席を立つ。菜穂子は食事も勧めてくれたが、丁重に断ってお礼を告げ、彼女を残して店を出た。

帰路を歩く足取りは、とても重かった。けれど、それ以上に重かったのは、劣等感でいっぱいになってしまった心だった。

それは杏奈の心に澱みを落とし、じわじわと広がっていった。

＊　＊　＊

年末は三十一日まで仕事だったが、年始は二日まで休みだった。

高邑百貨店は元日のみ全館休業となっており、二日から営業が始まるものの、杏奈はシフトの関係でたまたま三連休になったのだ。

伊吹は三十日から三日まで休みだと聞いていたため、三十一日の夜から彼の家で過ごすことにした。

「あけましておめでとう」

「あけましておめでとう。今年もよろしくね」

「ああ、こちらこそ」

夕食には天ぷらそばを食べ、テレビの音楽番組のカウントダウンとともに年を越し、そのままベッドへ。甘い時間を過ごしたあと、ふたりで朝を迎えた。

元日の朝食は、杏奈が作った雑煮と伊吹が用意してくれていたおせち料理が並んだ。

「初詣は近所の神社でいい？　それとも、明治神宮《めいじじんぐう》にでも行くか？」

「ううん、近所で充分だよ。車も電車も混んでるだろうし、初詣は歩いて行ける範囲にして、家でゆっくり過ごそうよ」

せっかくならどこかに出掛けたい気持ちもあるが、杏奈の仕事納めは昨日。そして、仕事始めは明後日である。

年末年始の貴重な連休だからこそ、彼とのんびり過ごしたかった。

「じゃあ、家で映画でも観るか。昼ご飯はどうしたい？」

「たぶんおせちが残るから、お昼はそれでいいかな。夜は私が準備するよ」

飲食店なども一部は営業しているが、どちらにしても人出は多いだろう。杏奈が「鍋にしない？」と提案すると、伊吹がすぐさま「いいな」と微笑んだ。

材料は、年末のうちに彼が用意してくれていたものがある。肉やカニを取り寄せてくれているようで、鍋や鉄板焼きでもしようと話していた。

「十時くらいに出ようか」

「うん」

今は八時を過ぎたところ。焦らずに身支度を整えられる時間を提案してくれたのは、すぐにわかった。

杏奈は伊吹と豪華な朝食を楽しんだあと、片付けを請け負ってくれた彼に甘えた。おかげで、予定よりも少し早く家を出ることができ、無事に初詣を済ませて昼前には帰宅した。

「私、ちゃんと朝から初詣に行くのって久しぶりだったなぁ」

ソファに並んでホットコーヒーで身体を温めながら、杏奈が伊吹を見た。隣に座る彼が、「杏奈は毎年寝正月だからな」と笑った。

就職してからは元日しか休めず、連休が取れるのはもう少し先だったため、年末年始の帰省はしていない。

大晦日の業務は、閉店後に新年用のディスプレイに変更するせいで残業になり、クタクタで帰宅する。しかも、帰りが遅い上に元日しか休めない。

そういった事情から、疲労回復を優先して寝正月になるのが恒例だった。

初詣はだいたい二日以降の休暇に行き、帰省は一月末頃にすることが多かった。

「だって、疲れててそれどころじゃないんだもん。今年は二日も休みだったからラッキーだけど、それもたまたまだしね」

「そうだな」

年末年始、特に年始に関しては通常よりも出勤するスタッフが増える。年始に客が多いため、スタッフを増員して万全の態勢で臨むのだ。

もちろん、休暇になっているスタッフもいるが、たいていふたりほど。そんな中、杏奈は就職して初めてその機会が訪れた。

「今年は休みだから、来年は絶対に出勤だろうし」

芙美は昨年が休みで、今年は明日からシフトに入っている。スタッフ全員が平等に休めるように、一月二日の休暇は毎年ローテーションなのだ。

「だから、今年は休みを満喫して、来年の三が日は売上一位になれるように頑張るよ」

「杏奈らしいな。じゃあ、来年は俺が雑煮を作るから、杏奈は寝正月でいいよ」

なにげなく零された言葉に、杏奈の胸の奥が高鳴る。

伊吹はいつも、当たり前のように未来の話をする。そして、必ずと言ってもいいほど、彼の想像する未来には隣に杏奈がいる。

それがとても嬉しかった。

けれど、最近はただ素直に喜べなくなっている。

年末に菜穂子と話して以降、杏奈はずっと心の中の澱を消せないでいた。

伊吹と彼女の間に今もなにかあるとは思っていないが、あのときに感じた負の感情がずっと胸の中にとどまったままなのだ。

彼には、菜穂子と会ったことは話した。

詳細は伏せたが、彼女にご馳走してもらったことや結婚するらしいということを告げた上で、『伊吹くんが心配するようなことはなかったからね』とも伝えておいた。

伊吹は複雑そうにしつつも、杏奈の様子から納得しているようだった。

ただ、杏奈の中にある感情は、誰にも言えずにいる。彼に言いづらいというのもあったが、杏奈自身が上手く言語化できないというのも大きな理由だ。

（本当に、伊吹くんはなんで私を好きになってくれたのかな……？　高橋さんと私って見た目も性格も全然違うし、私は伊吹くんに甘やかされてばかりで、伊吹くんから見れば頼りにならないだろうし……）

菜穂子は『彼は当時からちっとも私のことなんて好きじゃなかったわ』と言ったが、伊吹が本当にそうだったとは限らない。彼なりに本気だったが伝わっていなかっただけ……ということも、充分にあり得るだろう。

どちらにしても、菜穂子なら伊吹を支え、互いを高め合える関係を築けたはず。反して、杏奈は彼と自分がそうなれるとは思えなかった。

(そりゃあ、私は伊吹くんを支えたいと思ってるし、頼ってほしいけど……。伊吹くんって悩みとかはあんまり話してくれないしな)

伊吹とは、電話でも会っているときも色々な会話をする。コミュニケーションは問題ないと言い切れるくらいには、互いのことを話しているつもりである。

一方、彼は仕事のことに関してネガティブな内容は口にしない。きっと大変なこともあるはずなのに、愚痴を聞かされたり相談を持ちかけられたりしたことはなかった。

(相談されても役には立てないだろうけど、そういうのはちょっと寂しいんだよね)

杏奈が自然とため息をついてしまうと、伊吹が「どうした?」と首を傾げる。心配そうな顔を向けられて、慌てて首を横に振った。

「なにもないよ。ちょっと疲れたなって思って」

「じゃあ、昼を食べたら休むか」

杏奈が頷いて程なく、彼のスマホが鳴った。

「悪い、ちょっと電話してくる」

一瞬気難しそうな表情になった伊吹は、杏奈が「私のことは気にしないで」と答えるが早いかリビングから出て行ってしまった。

ひとりになった杏奈は、暗い気持ちに呑み込まれないように深呼吸をする。

（ダメダメ。せっかく伊吹くんと過ごせるんだから笑顔でいなきゃ！）

自分自身にそう言い聞かせ、彼が戻ってきたらすぐに昼食にしようと準備を始めた。といっても、おせち料理を並べるだけだったため、五分もかからずに終わってしまう。

ところが、その後すぐに戻ってきた伊吹は、心底申し訳なさそうに口を開いた。

「ごめん、杏奈。今から会社に行ってくる」

「えっ⁉」

思わず驚嘆の声を上げた杏奈だが、彼の表情からただならぬ雰囲気だというのは察した。

「なにかあったの？」

「……いや、そんなにたいしたことじゃないんだが、念のために重役を集めて打ち合わせすることになったんだ」

伊吹はそう言ったが、話の内容とは裏腹に声音も顔つきも強張っている。ただ、今は彼を送り出すことが先決だと判断し、「わかった」と頷いてみせた。

「ひとりにさせて悪いが、夜は一緒に過ごせるようにするからうちにいてほしい」

「うん。じゃあ、待ってるね」

杏奈は伊吹に気を使わせないようにと、笑顔で彼を送り出す。

けれど、ひとりぼっちになった瞬間、無性に寂しさが込み上げてしまった——。

その夜、帰宅した伊吹は、とても疲れた顔をしていた。

杏奈が控えめに様子を窺うと、「心配かけてごめん」と謝罪をされ、それ以上は語られることはなかった。「すぐに解決させるよ」と言っていたが、詳細を話す気はないようだ。

もちろん、守秘義務などで言えないこともあるだろう。杏奈はそういうことを無理に訊き出したいというわけではなく、むしろそれについてはなんとも思っていない。

心配はしているが、干渉したいわけではないからである。

それでも、ただ一言でもいいから、彼から愚痴や弱音を聞きたかったのかもしれない。

伊吹の家でひとりで待っている間、いつも以上に寂しさを感じていた。今は彼が帰ってきてくれたというのに、ふたりでいてもひとりだったときよりもずっと虚しい気がする。

消せないままの菜穂子への劣等感が強くなり、頼りになりそうな彼女の姿を思い出して胸の奥がチクリと痛んだ。

嫉妬なら、きっとまだよかった。苦しいなりにも、伊吹が抱きしめてキスをして想いを囁いてくれれば、心は満たされる。

ところが、勝手に抱いている劣等感は、自分でどうにかするしかない。

彼に頼られれば少しはマシになるのかもしれないが、冷静に考えるとそんなものは自己満足でしかないのかもしれない……と思った。

「夜ご飯は鍋って言ってたから、すき焼きにしようと思って。それでよかった？」

「え？　……ああ、すき焼きか。いいな、ありがとう」

明るく振る舞おうとしている杏奈と同じく、伊吹も無理に笑っているように見える。

そのせいか、ふたりの間にはぎこちない空気が漂い、喧嘩をしたわけでもないのに夕食中もあまり会話が弾まなかった。

その後、お風呂を済ませてベッドに移っても、彼はどこか上の空でいる。

杏奈は、劣等感を抱えながらも伊吹のことが心配でたまらなかったが、結局翌日になっても彼の口から仕事の話が出ることはなかった。

## 二　壁の壊し方

年明けから三週間が経った。

年末年始以降、伊吹とは一度も会えていない。しかも、二日の夜まで彼の家で過ごしたものの、昼間は一緒にいられなかった。

二日の昼前にも伊吹のスマホに連絡が入り、彼はすぐさま出社してしまった。帰宅は二十時を回っていて、ゆっくり食事を摂る暇もなく家まで送ってくれた。

帰りの車内で、杏奈は思い切って『なにかあったの？』と尋ねた。しかし、伊吹は前日と同じように『ちょっとしたトラブルだよ』と答えるだけだった。

心配する杏奈の気持ちを察してか、『心配かけてごめん。でも大丈夫だから』と微笑んでいたが、どう見てもそうは思えない。

彼の顔はいつになく強張っていることが多かったし、笑顔もほとんどなかった。

そして、杏奈の予感を的中させるがごとく、あれ以来ずっと伊吹とは会えていないのだ。

メッセージは毎日必ず送られてくるし、週二回ほどは電話だってしてくれる。ただ、いつも忙しそうで、彼の声には疲労が滲んでいた。

（伊吹くんらしくないってわかってるのに……）

頼りないと思われているのかもしれないが、恋人なのになんの役にも立てないのは虚しい。

愚痴や話を聞くだけしかできなくても、伊吹の心の拠り所になりたい。そう思う杏奈とは裏腹に、彼は決して杏奈に弱みを見せようとはしない。

想い合っているはずなのに、伊吹を遠くに感じてしまっていた。

「杏奈ちゃん？」

ぼんやりとしていた杏奈は、伊吹の母の声にハッとする。この場にいる全員の視線が、杏奈に注がれていた。

「あ、ごめんね。ちょっとボーッとしてた。なんの話だっけ？」

ようやく三連休が取れ、早番だった昨夜から実家に帰ってきていた。今夜は日向家と一緒に食事をしようということになり、杏奈の実家で夕食を共にしているところだ。

翔平は友人との約束を優先してしまったが、さきほど帰省してきた吹雪もいる。

「ケーキ、杏奈ちゃんはどれがいいかなって。ショートケーキもモンブランもあるよ」

伊吹の母が駅前のパティスリーでデザート用に買ってきてくれたケーキは、全部で六種類ある。その中には、杏奈の好物もいくつかあった。

「杏奈ちゃんが最初に選んで。男性陣は甘いものよりもお酒がいいみたいだから」

「いいの？　ありがとう」

杏奈は素直に厚意を受け取り、ショートケーキを選ぶ。甘いものを食べる気分ではなかったが、子どもの頃から食べ慣れた店の味はどこかホッとさせてくれた。

食後、杏奈は片付けもそこそこに自室に戻った。みんなはまだ盛り上がっているが、そんな気持ちにはなれなかったため、適当なところで切り上げさせてもらったのだ。

スマホを片手にメッセージアプリを確認してみると、今朝伊吹に送ったメッセージへの返信はない。それどころか、まだ既読もついていなかった。

(伊吹くん、忙しいのかな……)

自然と漏れたため息が、静かな部屋に響く。それがまた、杏奈の心を曇らせた。

ベッドに横になって、彼に電話をしてみようかと考えたが、忙しいのはわかっている。

あの伊吹が、三週間以上も電話とメッセージだけで済ませているのだ。よほど余裕がないに違いない。

内情を知らなくても、それくらいのことは理解していた。

(喧嘩してるわけじゃないのに距離ができたように感じるのは、おかしいのかな……)

会えない時間が愛を育む、などと聞いたこともあるが、杏奈の中に募るのは寂しさばかり。

むしろ、彼の顔を見られていない日々は、心にぽっかりと穴が空いたようだった。

会えていないとはいっても、三週間である。世間的に見れば、社会人同士の恋愛ならそう珍しいことでもないだろう。

けれど、これまでは伊吹が少しでも時間を作ってくれていたため、電話やメッセージでのやり取りでは物足りない。彼と会えない寂しさを、上手く埋められないのだ。

幸いにも仕事は順調で、三が日は一日しか出勤していないというのに、現時点では売上の上位争いに加わっている。

お年玉をもらった若い女性が訪れることも多く、そういった客が購買に繋がったのが大きいだろう。普段よりも客層が若い分、客単価は少ないが、人数が多ければ売上は増える。

「いつもならもっと嬉しいんだけどなぁ……」

喜びはあるのに、心から嬉しいと思えていない。伊吹と会えないだけで、大好きな仕事に対する喜びが半減するのだと気づき、ますます気が滅入った。

(ダメだ。もっと前向きな気持ちでいないと！　伊吹くんを支えたいなんて思ってても、このままだと逆に心配をかけるだけだよね……)

伊吹は、仕事に打ち込む自分を好きでいてくれる。だからこそ、シフト制の杏奈に合わせて時間を捻出し、少しでも会えるように努力してきてくれていた。

それなのに、杏奈がこんな気持ちでいると知ったら、落胆させてしまうかもしれない。彼にがっかりされたら、きっとショックどころではないだろう。

なによりも、伊吹に釣り合う女性でいたいからこそ、うじうじと悩んでいるばかりではいけないと思った。

気分転換に夜風にでも当たろうと窓を開けたとき、部屋のドアがノックされた。寒気を背中に受けながら、「はい」と返事をしてドアを開く。

目の前に立っていたのは、吹雪だった。

「吹雪くん、どうしたの？」

「いや、ちょっと。って、この部屋寒いな」

「あ、ごめんね。今、空気を入れ替えようかと思って」

慌てて窓を閉めに行き、振り返る。すると、彼が部屋に入ってきた。

ドアを閉められてしまい、必然的に密室になってしまう。杏奈は伊吹にお仕置きと称して抱かれたことを思い出し、無意識のうちに一歩後ずさっていた。

「杏奈さ、兄貴となんかあった？」

「ううん……。別になにも……」

唐突に伊吹のことに触れられて戸惑いながらも、首を横に振る。しかし、吹雪は納得していないのか、「杏奈は嘘が下手だよな」と苦笑を零した。

「嘘なんて……」

言葉に詰まったが、嘘はついていない。伊吹となにかあったわけではなく、むしろ杏奈がひとりで勝手に落ち込んでいるだけなのだ。

最近はこの悩みばかりと向き合っているが、彼に非があるとは思えない。

ただ、杏奈が菜穂子に対して勝手にコンプレックスを抱き、伊吹がどうして自分を選んでくれたのかわからなくなり、その上で勝手にもやもやしているだけなのだから……。

「じゃあ、どうしてずっと浮かない顔してたんだよ？」

「それは……」

「兄貴となにかあったなら、話くらい聞くけど？」

ドアを背もたれにして立つ吹雪に、杏奈が瞳を伏せる。

「本当になにもないよ。ただ、伊吹くんの役に立てない自分にもやもやしてるだけで……」

「ああ、なるほど。つまり、兄貴になにかあったけど、兄貴はそれを杏奈に話してなくて、杏奈はムカついてるのか」

「ムカついてるわけじゃないけど……」

ため息をついた彼が、「そうか?」と首を傾げる。

「俺には杏奈が怒ってるように見えるけどな」

「え……?」

自分でも思いもしなかったことを言われて、杏奈の中の戸惑いがますます大きくなる。怒っているつもりなんてなかったのに、なぜかそんな気もしてきてしまった。

「兄貴って、自分の愚痴や弱音は話さないだろ? あいつはさ、周囲に頼ったり弱みを見せたりするのが苦手だから、無意識に人と壁を作ってるんだよ。でも、本人はそれをわかってないから、壁を感じた周囲をやきもきさせるんだ」

今日の吹雪は、やけに饒舌である。彼は杏奈に対しては口数が少ない方ではないが、あまりこういう真面目な話をしない。

「やっぱり、吹雪くんは伊吹くんのことをよくわかってるんだね」

「別にそうじゃない。ただ、兄貴の知り合いからそういう愚痴を聞かされたことがあるし、俺自身も兄貴に対してそう思ってるだけだ。まあ、俺も似たようなところはあるけどな」

自嘲気味な微笑を向けられたことに、わずかに違和感を覚える。

けれど、それよりも気になったのは、『兄貴の知り合い』という言葉だった。吹雪は濁したが、つまりそれが伊吹の元カノということもあり得るだろう。

「伊吹くんと付き合う前は、そういう風に感じたことはなかったんだけどね」

「それは、杏奈が兄貴を神格化してただけだろ。なんていうか、杏奈って兄貴のことはなんでもできるかっこいい幼なじみのお兄ちゃんだと思ってたし」

「そりゃあそうだよ。伊吹くんが失敗したり、なにかできなかったりしたところなんて、昔から一度も見たことがなかったんだもん」

杏奈がきっぱりと言い切ると、吹雪が呆れたように眉を寄せる。その顔は、『バカだな』と言いたげでもあった。

「杏奈は兄貴を美化しすぎ。兄貴は筋金入りの負けず嫌いなだけだ。陰で死ぬほど努力してるくせに、それを周りに悟られるのが嫌だから涼しい顔してるんだよ。特に杏奈の前ではな」

伊吹が努力しているのは、言われなくてもわかっているつもりだった。けれど、よく考えてみれば、彼のそういった姿はあまり見たことがない。

そして、大人になると、まったくと言ってもいいほど目にすることはなくなった。

「だったら、私はずっと伊吹くんには弱みを見せてもらえないかもしれないね……」

自分で発した言葉に、胸の奥がズキズキと痛み出す。おまけに劣等感も大きくなって、情けなさと苦しさで泣きたくなった。

吹雪がため息をつき、杏奈の方へ足を踏み出す。彼との距離が一気に近くなり、杏奈はつい身構えてしまった。

「俺の前でそんな顔するな。兄貴から奪いたくなるから」

「……え？」

たっぷりの間を置いた杏奈に、吹雪が呆れたように苦笑を漏らす。

「なんだよ、本気で気づいてなかったのかよ」

鈍すぎ、と呆れたように言われたが、杏奈は困惑でいっぱいになっていた。

「兄貴がどうして俺と杏奈がふたりで会うのを嫌がったか、わかってなかった？　あの兄貴が嫉妬だけで杏奈にそんなこと言うわけないだろ。きっと、杏奈の前では涼しい顔して裏で手を回すよ。でも、俺の気持ちを知ってたから、俺と杏奈を近づけさせたくなかったんだ」

まだ思考が追いつかない杏奈に構わず、彼が「本当に鈍感だよな」と息を深く吐く。

「たぶん俺の方が先に杏奈を好きだったのに、兄貴に攫《さら》っ攫《か》われたんだよ。悔しいけど、行動に移せなかった俺の負けだとも思ってる。でも、杏奈がそんな顔するなら話は別だ」

不意に真剣な双眸を向けられて、杏奈が息を呑む。

「俺は兄貴ほどできた人間じゃない。不器用だし、きっと頼りない姿も見せると思う。でも、杏奈にそんな顔させないようにするし、少なくとも壁を感じさせたりはしない」

真っ直ぐな言葉に、胸が痛い。嬉しいはずの告白も、恋人の弟からだと思うと素直に喜べなかった。

「今すぐに兄貴を忘れなくてもいいし、少しずつ俺を見てくれればいい。もちろん、俺自身も杏奈に振り向いてもらえるように努力する。だから、俺にしないか？」

予期しない展開に、知らなかった吹雪の想い。

杏奈が好きなのは伊吹だが、吹雪だって素敵な男性である。

吹雪も伊吹に負けず劣らずモテていたし、幼なじみという欲目を抜きにしても整った容姿をしている。吹雪は伊吹のことを『陰で死ぬほど努力してる』と言ったが、吹雪だって真面目で負けず嫌いで努力家だったはずだ。

幼なじみだからこそ色々と知っていて、そんなふたりを兄のように思っていた。

けれど、今はもう違う。

杏奈にとって、伊吹は好きな人だが、吹雪は幼なじみのままなのだ。伊吹に対する好きとはまったく違い、それはきっとこれからも変わらない。

吹雪がどんなに杏奈を大事にしてくれようと、杏奈の気持ちが彼に向くことはないだろう。

「わ、私は……」

声が震えて、自分が泣きそうになっていることに気づく。咄嗟に口を噤んだが、残念ながら一歩遅かった。

「……泣くなよ。っていうか、泣かせるつもりはなかったんだけど」

「ごめんね……」

「それはどっちの意味で？」

吹雪が悲しげに微笑む。

泣いたことと、彼の想いには応えられないこと。杏奈の謝罪は、後者へのもの。

「吹雪くんとは付き合えない。……私がずっと一緒にいたいのは伊吹くんなの」

それをわかっているから、涙交じりの声音でありながらもきっぱりと言い切った。

「知ってるよ。だから、あのとき言えなかったんだ」

「あのとき……？」

「前にみんなでＢＢＱしたときだよ。兄貴から杏奈に告白したって聞いて、本当は俺も自分の気持ちを伝えるつもりで帰ってきたんだ。でも、杏奈が兄貴に惹かれ始めてることに気づいて、直前でためらって結局は告白できなかった。あと、誕生日プレゼントを渡した日も、せめて気持ちだけは……って思ってたのに、杏奈が困ってる姿を見て言えなかった」

ＢＢＱをした日と誕生日プレゼントをもらった夜のことが、鮮明に蘇ってくる。

「兄貴は俺を牽制したかったんだろうな。で、俺はまんまと兄貴の策にやられたんだ」

吹雪が伊吹からの告白の件を知っていたことにも、あの頃からこれまでの伊吹と吹雪の態度にも、ようやく合点がいった。

「まあ、その時点で俺の負けだったんだよな。悔しいけど、兄貴は最初から杏奈に真っ直ぐ向かってて、俺にはそれができなかった。真っ向から戦えなかった奴が、あの兄貴に勝てるわけがないんだよ」

吹雪がため息をつき、「あーあ」とうなだれた。

「弱ってるところに付け入るようなこと言って悪かった。でも、杏奈もうじうじ悩んでないで兄貴に真正面からぶつかってやれよ。兄貴は杏奈の前ではかっこつけてるけど、一番心を許してるのも杏奈だと思うから、杏奈が怒ってやれば弱みを見せると思うよ」

振られた相手にアドバイスをするなんて、彼はお人好しだ。

「あの……吹雪くん、ごめ――」

「もう謝るな」

声を制され、杏奈が眉を下げる。

「振られるのはわかってた。でも、ちゃんと言っておかないとずっと後悔しそうだったから、伝えたかっただけだ。この先何年も、ふたりのことを見ることになるだろうからな」

「吹雪くん……」

「言っておくけど、杏奈だから兄貴のことをアドバイスしたりこんなこと言ったりしてるんだぞ。幼なじみとしてくらい、かっこつけさせろよ?」

「……うん。ありがとう」

吹雪は、滅多に冗談を言うタイプではない。彼に対して、生真面目で寡黙《かもく》というイメージを抱く人も多いのは知っている。

そんな吹雪がこんな風に言ったのは、相手が家族のような杏奈だからだろう。

「俺はこれから東京に戻る。向こうでは会うことはないだろうけど、またこっちで顔を合わせたときは幼なじみに戻れるようにする。だから、杏奈もちゃんと笑ってろよ」

「うん」

杏奈がどうにか微笑めば、彼も小さな笑みを浮かべた。

「兄貴がかっこつけて弱みを見せないなら、一発くらい殴ってやれ。兄貴は杏奈には弱いから、たぶん杏奈が本気で怒れば兄貴は勝てないよ」

そんな伊吹の姿は想像できないが、吹雪の言葉が杏奈に勇気を与える。

杏奈は頷き、さきほどよりも少しだけ明るい笑顔を見せた――。


翌日、杏奈は予定よりも早い新幹線に乗り、十八時過ぎに東京駅に降り立った。

その足で向かったのは、伊吹の家。吹雪に背中を押された杏奈は、ようやく伊吹に自分の本音を伝えようと決めたのだ。

善は急げというわけではないが、きっと時間が経てばまた怯んでしまう。だから、勢いがあるうちに話がしたくて、途中でスーパーに立ち寄ってから伊吹の家に行くことにした。

彼には少し前にメッセージを入れ、それから三十分ほどして【できるだけ早く帰る】という返信があった。

最近の伊吹は、二十二時を回ってから帰宅することが多いのも知っている。彼が夕食を済ませたのかわからないため、軽く食べられるように野菜スープを用意した。

落ち着かない気持ちで待っていると、二十一時を過ぎた頃に伊吹が帰宅した。

「おかえりなさい」

「ただいま」

急いで帰ってきた様子の彼が微笑み、杏奈を抱きしめる。

「急に来てごめんね」

「謝らなくていい。いつでも来てもらえるように合鍵を渡してあるんだから」

身体を離した伊吹の表情は嬉しそうではある。ただ、そこには疲労感も滲んでおり、いつでも余裕を纏っている彼らしくなかった。

「伊吹くん、お腹空いてない？　スープを作っておいたんだ」

「ありがとう。晩ご飯がまだだったから嬉しい」

「じゃあ、すぐに温め直すね」

熱々のスープを器に注ぎ、テーブルに向かい合って座る。スープを口に運んだ伊吹は、肩の力が抜けたように表情を和らげて「うまいよ」と息をついた。

「実家でゆっくりできたか？」

「うん。みんなでしゃぶしゃぶしたよ。翔平は友達と約束してたから参加しなかったけど」

他愛のない話をして、できるだけいつも通りの雰囲気になるように意識する。彼が疲れているのが目に見えるからこそ、杏奈はせめて食事中くらいゆっくりしてほしいと思ったのだ。

「今日は泊まってもいい？　明日は自分で帰るから」

「ああ、もちろん。出勤のついでに送るよ」

伊吹は間髪容れずに頷き、杏奈はひとまず「ありがとう」と返す。

その後、交代でシャワーを浴び、杏奈はハーブティーを淹れた。

「あのね、伊吹くん」

「ん？」

ソファに並んで座ると、杏奈は深呼吸をしてから彼を真っ直ぐ見つめた。

「今から言うことは、私のわがままかもしれないし、自己満足かもしれない」

「え？」

突然真剣な顔をした杏奈に、伊吹は戸惑いながらも杏奈の意図を察しようとしている。

「でも、ちゃんと知りたいから訊くし、私の気持ちも言うね」

杏奈は、彼を見つめたまま息を吐いた。

「仕事でなにかあったんだよね？」

「……ああ。前にも言ったが、ちょっとしたトラブルで――」

「嘘でしょ？」

新年と同じ説明をする伊吹に、杏奈が強い口調を返す。

「そのトラブルって、お正月からずっと解決してないよね？　ちょっとしたトラブルっていうなら三週間以上も長引くはずはないと思うし、もし本当にちょっとしたことなら伊吹くんがそんなに疲れた顔をするわけがないよ」

彼が気圧されたように目を丸くするが、杏奈はそのまま引かなかった。

「別に、無理に訊き出そうと思ってるわけじゃないの。仕事なら話せないことがあるのは当たり前だし、私だってなんでも話せるわけじゃないから、そこはわかってるつもり。でも、今の伊吹くんと一緒にいてもすごく壁を感じるんだ……」

　こうして本音をぶつけることで、伊吹を傷つけてしまうかもしれない。もしくは、彼に呆れられる可能性もあるだろう。

　わがままや自己満足かもしれないし、考え方が幼いかもしれないとも思う。

　それでも、杏奈は伊吹にきちんと伝えておきたかった。

「なんでも話してほしいわけじゃない。でも、少しくらい頼ってほしい。伊吹くんにとって私は妹みたいな存在のままなのかもしれないけど、私だって伊吹くんの役に立ちたいし支えたい。伊吹くんが大変だってことはわかるのに、そうやって突き放されるのは寂しいよ……」

「杏奈……」

「私はやっぱり頼りにならない？　恋人になっても妹みたいなまま？　私じゃ伊吹くんの支えにはなれない？」

「違う。そうじゃないよ」

　矢継ぎ早に尋ねた杏奈に、彼が眉をグッと寄せる。その表情は、悲しさと申し訳なさでいっぱいだった。

「俺にとって、杏奈は充分支えになってる。傍にいてくれるだけで嬉しいし、杏奈の笑顔を見れば癒やされたり背中を押されたりする」

「うん……。でも……」

「ああ……。だからって、なにも話してもらえないのは寂しいよな」

杏奈の気持ちを掬い取るように、伊吹が息を深く吐いた。

「できれば、杏奈に余計な心配をかけたくなかった。でも、本心はそれだけじゃなくて、杏奈の前では弱いところを見せたくなかったんだ……」

「私、どんな伊吹くんを見ても幻滅なんてしないよ？」

「うん、そうだよな」

「かっこいい伊吹くんも好きだけど、もし弱音を吐いても嫌だなんて思わないよ。むしろ、私を頼ってくれるんだって思えて嬉しいと思う。それに、伊吹くんだって私がひとりで悩んだり苦しんでたりしたら嫌でしょ？」

彼が小さく頷き、杏奈の手を握る。

「ごめん……。もっと早くにちゃんと話しておくべきだったな」

伊吹は「全部話せるわけじゃないんだが」と前置きし、意を決するように杏奈を見つめた。

「うちの新作のレシピが盗まれたんだ」

「えっ!?」

杏奈は瞠目し、息を呑んだ。

「誰がそんなこと……」

料理店にとってレシピを盗まれるということは、大ごとに違いない。

レシピというのは簡単に生まれるものではなく、何度も試行錯誤を重ねて完成させるものであり、一朝一夕でできるような料理などほとんどないだろう。彼から試食会の様子を聞いたことがあったため、簡単に代わりとなるレシピができるとも思えなかった。

「本店の二番弟子にあたる人間だ。最近、メイン料理も任されるようになってきたんだが、料理長と一番弟子が開発したレシピを持って他店に移った。といっても、俺がそれを知ったのは偶然だったんだが」

その他店とは『花水木《はなみずき》』という和食店で、ひなたとコンセプトが似ている。

伊吹は、年始に二番弟子の大西が急に辞めたという報告を受けた。そのとき、『レシピを持ち出されたかもしれない』という話も聞いていたのだとか。

だから、あの日は会社に急行したのだ。

そしてつい先日、麻布にプレオープンした花水木の新店に招待され、そこに大西がいた。驚いていたところに提供された料理を食べ、レシピの盗作に気づいたのだという。

さらに間が悪いことに、春にはその店からそう遠くない場所にひなたの新店がオープンすることになっている。すでに花水木の新店は繁盛しており、いくら名の知れたひなたとはいえ苦戦を強いられる可能性は充分にある……ということだった。

「盛り付けも似ていたし、恐らく使ってる調味料や材料はほとんど同じだ。ただ、大西が盗んだという証拠はないし、あちらのレシピがわからない以上は責めることもできない」

「そんな……」

「料理のレシピなんて、塩ひとつまみでも違えば同じものとは言い切れないんだ。俺は自分の味覚を信頼してるが、それだけではなんの証拠にもならない」

悔しそうな伊吹を見て、杏奈の中に怒りが湧いてくる。

「ひどい……。同じ店で働いてたのに、どうしてそんなこと……」

「本当のところは本人にしかわからないが、料理長が『厳しくしすぎてしまったかもしれない』と話してくれた。俺も試食会のときには毎回顔を合わせてたが、フォローし切れてなかった部分はあると思う。まあ、それでもレシピを盗むなんて料理人としてご法度だけどな」

「そりゃそうだよ！　だって、飲食店にとってレシピは命綱じゃない！」

「ああ、そうだな」

彼は同意しながらも、すでに解決策を見つけているのか小さな笑みを浮かべた。

「泣き寝入りは性に合わないから、策は練った。あとは、花水木の料理長とオーナーが素直に認めてくれることに懸けるしかないんだが……」

ただ、それは万全とは言えず、相手の良心を信じるしかなさそうだった。

「でも、できるだけの対策はしたし、これ以上はできることもない。あとは上手くいくことを祈るしかないんだよな」

杏奈は悔しさを抱えたまま、伊吹の瞳を見据えた。

「私になにかできることはある？」

彼は一瞬考えるような顔つきをしたあとで、にっこりと微笑む。

「杏奈はただ俺の傍にいてくれるだけでいい。でも、できればもうひとつ頼みがある」

「うん。なんでも言って」

「来月、ひなたの創業記念パーティーを開催する。それに出席してくれないか？」

笑顔の伊吹を前に、杏奈はわずかな戸惑いを浮かべた。

「私が行ってもいいの？　完全に部外者だけど……」

「招待客はそれなりにいるし、問題ないよ。それに、杏奈の本音を聞いて、これからは俺も杏奈を頼らせてもらいたいと思った。なにより、俺にとって杏奈は部外者じゃないしな」

「伊吹くん……」

杏奈の手を握っていた彼の手に、力がこもる。

「その日、今回のレシピの件で勝負に出る。だから、会場で見守っていてほしい」

伊吹がなにをするのかはわからないが、彼のためにできることならなんでもしたい。

そう感じた杏奈は、迷うことなく大きく頷いてみせた。

## 三　私しか見ないで

寒さ厳しい、二月下旬。

杏奈は、グラツィオーゾホテルで開催されたひなたの創業記念パーティーに出席した。

伊吹が事前にプレゼントしてくれたペルーシュのドレスは、胸元や五分袖の部分にレースが施されていて、エレガントなデザインになっている。

靴もジュエリーも、すべて彼から誕生日にもらったものでコーディネートした。髪はヘアサロンに任せ、シニヨンのようなまとめ髪にパールをいくつかつけている。

会場では、伊吹と過ごせないことはわかっていた。

『ひとりでいさせることになって悪いが、杏奈が誰かに挨拶とかする必要はないから』

彼からそう言われていたし、立食式だからあまり目立たないだろう。念のために、秘書の植田の連絡先も聞いており、なにかあれば頼らせてもらうことになっていた。

(とりあえず、隅っこの方で大人しくしていよう)

パーティーは伊吹の挨拶で始まり、その後の彼は招待客に声をかけて回っている。杏奈が伊吹と話せることはなかったが、それでも彼の姿はずっと目で追っていた。

料理はどれもおいしく、お酒も回らない程度に嗜む。途中、男性に声をかけられたこともあったが、そのたびにタイミングよく植田が助け船を出しに来てくれた。

『皆様、楽しんでいただけておりますでしょうか？　ここで、ささやかではありますが、余興代わりにひなたの新メニューを振る舞わせていただきます』

壇上に立った伊吹の言葉で、会場がワッと盛り上がる。

『こちらはひなたの八寸として振る舞う一品で、汲み湯葉にいくらと軽く炙った雲丹、そして山葵と泡醤油を載せています。上に飾ってあるのは、鼈甲《べっこう》飴で作った飴細工です』

どこからともなく拍手が湧く中、ホテルのスタッフによって桜が描かれた器に盛られた料理が配られていった。

『グラツィオーゾホテルさんのご厚意により、こちらの厨房をお借りしてひなた本店の料理長が心を込めてご用意いたしました。ぜひご賞味ください』

湯葉の上にすべての食材と調味料が載せてあり、キラキラと輝くいくらや白い泡醤油が彩りを添えている。それを湯葉で包むようにして食べるのだという。

杏奈は一口で食べることにもったいなさを感じつつ、彼の説明通りに口に運んだ。

湯葉の風味と泡醤油と山葵の香りが鼻を突き抜け、噛んだ瞬間にいくらが弾ける。雲丹の風味と飴細工の控えめな甘さもあいまって、口の中で綺麗にマリアージュされるのを感じた。

（おいしい……！　なにこれ！　湯葉といくらと雲丹に、飴細工なんて合わないように思えるのに、すごく合う！）

感動する杏奈だったが、招待客の一部がざわついている。その理由がわからずに不安を覚えたとき、壇上の伊吹が口を開いた。

『この料理は、料理長を筆頭にひなたの料理人たちが試行錯誤して作り上げたものです。昨年の十一月から試作を重ね、ようやく満足のいくものが完成しました』

壇上にあるスクリーンに、動画が映し出される。そして、彼がナレーションをするように当時のことを語り、試食会の様子まで流れた。

「いかがでしたか?」

ふと声をかけられて顔を上げると、隣に植田が立っていた。

「あ、すごくおいしかったです。あの、でも……参加者の方々の様子が……」

「大丈夫です。花水木のプレオープンに招待されたお客様には、後ほど私が説明しますので」

彼は笑みを浮かべると、杏奈に耳打ちするように声を潜めた。

「壇上のすぐ傍にいるのが、花水木のオーナーの松本《まつもと》さんと料理長の平尾《ひらお》さん、そしてひなたの元二番弟子の大西です。これはあの男が盗んだと思われるレシピで作った料理です。あの様子だと、料理長はなにも知らなかったようですね」

植田が目配せした方を見ると、三人の男性が青ざめていた。

恐らく、一番若く見えるのがひなたの元二番弟子である大西で、高級そうなスーツを着ているのがオーナーの松本だろう。もうひとりの男性だけは、絶句したようにふたりを見ていた。

「私はこれから彼らを別室に案内します。杏奈さんは社長が用意した部屋でお待ちください」

杏奈が頷くと、植田は一礼して立ち去った。その後すぐに、パーティーは終わった。

杏奈が指定された部屋に足を踏み入れてから、優に一時間が経った。誰かが訪れることも、伊吹からの連絡もなく、時間だけが過ぎていく。

「綺麗だな……」

彼のことが心配でたまらないが、不安を抱える杏奈の心に反して窓の向こうに望む夜景は美しい。まばゆいほどの光を前に、眩暈《めまい》がしそうだった。

(今夜はここに泊まるってことなのかな)

部屋のグレードはスイートだろう。誕生日に泊まった部屋よりも数階下だが、部屋の広さや調度品からはスタンダードルームには見えない。

手持ち無沙汰なまま夜景を見つめていると、部屋のベルが鳴った。慌てて廊下に向かい、ドアスコープを確認してからドアを開ける。

「伊吹くん……お疲れ様」

まずは笑顔で出迎え、そして伊吹を労うように抱き着いた。中に入ってきた彼の背後でドアが閉まり、腕が杏奈の背中に回る。

「終わったよ」

疲労交じりの一言には、安堵と喜びも含まれていた。それだけで、杏奈は上手くいったことを察し、「よかった……」と噛みしめるように呟いた。

部屋に入った伊吹が、ベッドに腰掛ける。杏奈も隣に座ると、彼が端的に説明してくれた。

前提として、レシピの盗作で訴えるのは難しいということ。それは顧問弁護士にも言われていて、伊吹自身もその線で解決することは断念していた。

けれど、パーティーで流した動画には試作を重ねた時期や試食会の日取りが入れられており、完成の日は明らかに花水木の新店のプレオープンよりもずっと先だった。

それらを改めて突き付けた彼に、松本と大西は口ごもるばかりだったが、平尾が『こちらは間違いなくうちで提供しているものです』と認めたのだという。

オーナーや二番弟子と違い、料理長には料理人としてのプライドがあったのだろう。

「そこに救われたよ。料理長もオーナー側の人間だったら、どうすることもできなかった」

伊吹は、花水木に料理の提供を即刻やめること、そしてホームページにレシピの盗用に関する謝罪文を載せることを求めた。

裁判沙汰にしても、労力や金銭面を考えるとリスクやデメリットも大きい。仮に平尾の証言があっても、裁判で松本たちが証言を変えれば、敗訴する可能性も捨て切れない。

それならば……と、示談に近い形を提案したのだ。

大西がレシピを持ち出したのは、料理長に不満を抱いていたのが理由だそうだ。その件を伊吹に相談したときの伊吹の返答にも、大西は納得していなかったという。

レシピが持ち出されたことに気づいたのは、一番弟子から『忘れ物を取りに来たとき、大西がタブレットに保存したレシピを熱心に見てた』と報告されたから。杞憂であってほしいと思っていたが、結果的にはそれが現実となった。

いずれにせよ、ただの逆恨みだが、伊吹は自身の配慮が足りなかったと責任を感じていた。

そして、誠心誠意謝罪をした平尾には、ひなたに移ることを打診したのだとか。平尾は罪悪感で恐縮しながらも、『そうすることで罪を償わせてほしい』と決意してくれた。

「あそこは、あの料理長の腕で持ってるようなものだ。恐らく一時的には経営が傾くだろう。賠償金は請求しないことにしたが、どのみち大きな損害を負うはずだ」

会話はすべて録音しており、弁護士も同席したため、もう言い逃れはできない。

「すっきり片付いたとは言えないかもしれないが、料理長の証言と謝罪はあったし、うちに引き抜くこともできた。長い目で見れば上々だ」

杏奈は小さく頷くと、伊吹がベッドに身体を横たえる。

「お疲れ様。伊吹くんはやっぱりすごいね」

杏奈が彼の顔を覗き込んで微笑んだ直後、後頭部に腕を回されてグッと引かれた。

「わっ……」

杏奈の身体が前のめりになり、伊吹の上に覆い被さるような形になる。彼との顔の距離が近くて、無意識のうちに息を呑んでいた。

骨ばった手に力が込められ、さらに顔が近くなる。そのまま自然と唇が重なった。

チュッと音が鳴り、わずかに離れた唇がまた塞がれる。上唇と下唇を交互に食まれたかと思うと、ぺろりと舐められた。

「パーティーの間、何人かに声をかけられてたな」

「え？」

杏奈が小首を傾げれば、伊吹が不機嫌そうに眉をひそめた。

「他にも杏奈を見てる男が何人もいた。傍にいられないだけでやきもきしないといけないのに、杏奈を見る男たちの視線に苛立って仕方がなかった」

伊吹がパーティーの最中にそんなことを考えていたことに驚いたが、植田がタイミングよく杏奈に声をかけに来てくれていたのは彼の指示だったのだと察する。

「そんな……。ひとりだったから、きっと変に目立って声をかけやすかっただけだよ」

「バカ。杏奈が可愛いからだろ」

もう一度キスをされて、後頭部を押さえられていた手が腰をそっと撫でる。触れるか触れないかという撫で方に、杏奈は腰を小さく跳ねさせた。

「今すぐに杏奈が欲しい」

耳元に寄せられた唇から、甘い誘惑が零される。色香を纏った低い声音に、杏奈の下腹部がじんっ……と疼いた。

伊吹の嫉妬が嬉しい。彼が求めてくれることが、どうしようもなく嬉しくてたまらない。

「私だって嫉妬したよ……」

だからこそ、杏奈も自分の醜い部分を素直に打ち明けてしまった。

「会場で伊吹くんのことを見てた女性はたくさんいたし、高橋さんだって……」

「高橋？　いや、あいつとは今はなにも――」

「うん、わかってる。でも、伊吹くんがあんなに綺麗な人と付き合ってたんだって思うと、劣等感を覚えちゃって……。自分に自信がなくなって、ひとりで勝手にもやもやしてたの。だから、あのとき余計に壁を感じて……」

「バカだな」

伊吹が眉を下げ、それでいて愛おしそうに微笑む。

「俺がどれだけ杏奈を好きか、まだわからない？」

「……ううん。ちゃんとわかってるつもりだよ。でも……」

杏奈が彼に体重を預け、ぎゅうっと抱き着く。力いっぱいしがみつき、耳元に唇を寄せた。

「今は伊吹くんが足りないの。だから、私しか見ないで」

しん、と沈黙に包まれる。瞠目していた伊吹は、程なくして息を吐いた。

「もう俺、今の杏奈の言葉だけで一生頑張れそう」

感極まったような声が届いた刹那、杏奈の身体が引き剥がされる。けれど、離れ切る前に唇を奪われた。

杏奈は彼の舌を受け入れ、必死に絡ませにいく。互いの粘膜をこすり合わせ、唾液を移し合うようにして撫で回し、淫靡な水音を立てる。

離れるのが惜しいほど欲情しているのがわかって、今ならなんでもできそうな気がした。

「伊吹くん……」

「ん？」

「今日は私がしたい。やり方、教えてくれる……？」

「は……？」

目を真ん丸にした伊吹の視線が突き刺さり、羞恥でいっぱいになる。緊張感にも包まれ、心臓が破れそうなほど大きな音を立てていた。

「杏奈は俺を殺す気？」

困り顔になった彼が、動揺を隠し切れないように苦笑している。けれど、その瞳には熱がこもり、零された吐息からは劣情も伝わってきた。

その瞬間、子宮が熱を持ったように疼き出し、蜜口がキュンとすぼまった。

「だって、伊吹くんにもっと好きになってほしいし、私に夢中になってほしい。伊吹くんの過去も受け入れるしかないって頭ではわかってるし、嫉妬しても仕方ないって思うけど、やっぱり私ばっかり翻弄されるのは悔しいんだもん。せめて、伊吹くんの元カノに負けたくない」

「杏――」

「ダメ。今日は私がするって決めたから、伊吹くんは言う通りにして」

「……俺、マジで死ぬかも」

普段は聞かない『マジ』なんて言葉を零しながらも、伊吹の目は期待に満ちていた。

「じゃあ、まずは脱がせて。そしたら、杏奈が好きなように触っていいよ」

「う、うん……」

自分から言い出したものの、いざとなると手が震えそうになる。杏奈は彼のネクタイの結び目を解いて外し、ボタンに手をかけていった。

「杏奈、脱がせる間はキスしてて」

さきほどまでたじろいでいたはずの伊吹の声に、わかりやすいほどの喜色が覗き出す。杏奈の頬を撫でた大きな手は熱く、すでに彼の体温が上がっていることに気づいた。

杏奈はジャケットを伊吹の肩から抜きながら、彼の唇にそっとくちづける。キスをしながら服を脱がせるだけなのに、片方に意識がいけばもう片方がおろそかになってしまう。

そんな杏奈を翻弄するように、伊吹が口腔に舌を差し入れてきた。

「んっ……。伊吹く、っ……ダメ……」

「杏奈のキス、じれったい」

唇が触れ合いそうなほどの距離で、彼が待ち切れないと言わんばかりに囁く。唇を甘噛みするように食まれて、杏奈の腰がふるっと戦慄いた。

(このままじゃ、先に気持ちよくさせられちゃう……)

伊吹のキスを受けながら、どうにかベストとシャツも脱がせる。それらをベッドの周囲に散らしながら、自分のパンプスを適当に脱ぎ捨てた。

熱を持った手で彼の素肌に触れると、ピクッと身体が跳ねる。どこを触れば感じるのかすらわからないが、唇を離してからかき集めた知識を総動員させながら指を滑らせていった。

まずは首筋。くすぐったいのか、ふっと吐息交じりの小さな声が伊吹の唇から漏れる。

そのまま下に向かって撫で、鎖骨の形をゆっくりとなぞった。肌の感触も硬さも自分のものとは全然違って、その男性らしさにドキドキさせられる。

わずかに隆起した胸板の感覚は、服の上から触れたときよりもずっと硬い。そこを手のひらで撫でたあとは、小さな突起に触れた。

指先でカリッと引っかき、指の腹で転がすようにしてみる。杏奈はいつも自分が伊吹にされることを思い出し、彼の愛撫に倣《なら》った触れ方をした。

指の腹でこすり、クルクルと回すようにして、そっと摘まむ。すると、伊吹が息を噛み殺したのがわかり、杏奈はいけないことをしているような気持ちになった。

次はどうしようかと考えるだけで、勝手に胸が高鳴る。少し悩んだあと、杏奈は硬くなり始めた先端に唇を寄せた。

「クッ……」

そっと舐め、優しく食み、軽く歯を立てる。いつもの彼のやり方をそのまま繰り出してみると、杏奈の下にある自分よりも大きな身体が微かに震えていた。

それが嬉しくて、チュッと吸い上げてみる。伊吹は吐息を漏らし、下肢を跳ねさせた。

その直後、杏奈の下腹部のあたりに硬いものが触れる。それが彼の欲望だと気づき、いっそうドキドキした。

「伊吹くん……もしかして、もう……その……」

「杏奈に責められてるんだ。我慢なんてできるわけがないだろ……」

気まずそうでありながらも、伊吹の目には雄の欲が宿っている。その視線を受けた途端、杏奈の下肢がじんじんとした疼きを増した。

ゴクッと喉が鳴り、熱い吐息が漏れてしまう。この雄々しいものがいつも自分の身体の中に入っているのだと思うと、子宮がきゅうっと震えて蜜がとろりと零れた。

「下も触るね……？」

形だけの伺いを立て、彼の返事を待たずにベルトに手をかける。指先が震えてもたつきながらも、どうにかバックルを外せた。

スラックスのファスナーも下ろせば、ボクサーパンツが姿を現す。その中心はすでにくっきりと盛り上がり、少し前よりもさらに硬くなっているように見えた。

「全部脱がせてよ」

「っ、うん……」

ここまで来て怖気づくわけにはいかないが、下着を剥ぐには今まで以上の勇気がいる。おずおずと両手でスラックスを下ろそうとすると、伊吹が腰を上げて手伝ってくれた。

下着一枚しか身に纏っていないからこそ、鍛えられた肉体の逞しさと色気が際立つ。程よい日焼けもあいまって、なんだか抱き着きたくなった。

「杏奈も脱いで」

背中に伸びてきた手が、ドレスのファスナーをあっという間に下ろしてしまう。すぐさま肩からドレスが抜き取られ、フロントホックのブラとTバックのショーツ姿になった。

「フロントホック、珍しいな。……しかも、Tバックも初めて見た」

まじまじと見つめられて、杏奈の頬ががあっと赤くなる。

胸元や肩にレースがあしらわれたドレスに普通のブラをつければ、どうしたって肩紐が見える。だから、ストラップレスになるものを新調した。

ショーツをTバックにしたのだって、ドレスに響かないようにするためだった。

「だって、ドレスのデザイン上、仕方なくて……」

「だとしても、デザインが総レースってエロくない？　もしかして、俺に見せてくれるつもりだった？」

そういう気持ちがなかったとは言わない。もともと、今夜は彼の家に泊まるつもりだったし、レシピの件が上手く解決すれば甘い空気になることくらい想像もできた。

「私だけを見てくれるように、こういうところも努力した方がいいのかなって……」

杏奈が素直な気持ちを零せば、伊吹が満足げな笑みを浮かべた。

「やっぱり、杏奈は誰よりも可愛いよ」

後頭部に回った手に引き寄せられ、強引に唇が重ねられる。舌を吸われて腰を戦慄かせれば、彼は唇を離したあとで悪戯っぽく微笑んだ。

「それで？　まだしてくれるの？」

「う、うん……！　全部する……」

「じゃあ、俺の、触れる？」

杏奈は小さく頷いてから身体を下げ、そっと手を伸ばす。布越しでもくっきりとわかる雄の形を優しくたどれば、伊吹の腰がピクッと跳ねた。

まずは手で雄幹を包むようにして上下させ、こわごわと撫でる。すでに硬かったそこはさらに芯を持ち、下着の中でググっと頭をもたげた。

「杏奈、ちょっと苦しいから脱がせて」

熱い吐息が頭頂部に触れ、杏奈はドキドキしながらもボクサーパンツを脱がせる。さきほどと同じように腰を上げた彼のおかげで、薄い布は難なく抜き取れてしまった。

体毛の中にある剛直は、もうすっかり天を仰いでいる。微かに動いていて、まるで生きているようにも見えた。

禍々しいほどの凶暴さと雄々しさを感じるのに、伊吹のものだと思うと怖くはない。こうしてまじまじと見るのは初めてだったが、むしろ愛おしささえ芽生えてくる。

「そんなに見られると、さすがに恥ずかしいんだけど」

「っ……。ごめんね、そのっ……」

「いいよ。杏奈の好きに触っていいし、どうすればいいのかわからないなら俺が教える」

色気を纏った低い声に、杏奈は思わず喉を小さく鳴らしてしまう。

「じゃあ、教えてほしい」

恥じらいながらも視線を上げれば、彼が唇の端だけをうっすらと持ち上げた。

「両手で握って、さっきみたいにこすって」

小さく頷いた杏奈が雄芯を握り、言われるがまま手を動かす。どれくらいの強さで持てばいいのかわからなかったが、少し強めにこすってみた。

「ん、っ……。そのまま、ちょっと速くこすって」

伊吹の表情の変化を見落とさないように、上下させる手の速度を上げる。すると、みるみるうちに硬さを増し、先端からは微かに雫が滲み出てきた。

彼の呼吸が少しずつ荒くなり、感じてくれているのだとわかる。いつもは自分が翻弄されてばかりだからこそ、杏奈は知らないうちに興奮していた。

その勢いのままに屹立の先端に顔を寄せ、舌でペロッと舐めてみた。

「クッ……！　こら……」

荒い息と上ずった声が、杏奈の蜜情を膨らませる。舌先に触れた体液には微かな苦みがあるが、気にすることなく下から上に向かって舌で撫でた。

ツツッと舌を這わせ、ゆっくりと押しつける。手の動きも止めないように注力しながら、繰り返し刀身を舐め上げた。

「どこでそんなこと、ッ……覚えたんだ」

戸惑いつつも満更でもなさそうな声音に、杏奈の気持ちがますます高ぶっていく。自分でも大胆なことをしている自覚はあるが、伊吹が達するまでやめる気はなかった。

（嬉しい……。私が伊吹くんを感じさせてるんだ……）

鼓動がうるさいくらい高鳴る中、彼のやり方を必死に思い出そうとする。男女では形も愛撫の仕方も違うが、同じように触れてみればいいのだ……と本能が教えてくれる。

芯は手でこすったまま、もう片方の手でその下にある柔らかな場所を撫でてみる。直後、伊吹の大腿部がビクッと跳ね、そこでも快感を与えられるのだと察した。

舌で先端のくぼみや裏側を舐め、手は刀身や袋を撫で回す。どこもかしこも愛でるように触れ、懸命に責め続けた。

初心者の杏奈には、手探り状態での奉仕である。初めての経験の中で頭も手も口も動かすのは簡単ではないが、彼にもっと感じてほしいという欲はどんどん強くなっていく。

その本能のままに、楔の先端からパクッと飲み込んだ。

「う、ぁっ……」

できる限り口腔の奥まで入れると、その質量に息が苦しくなる。充溢した雄杭は思っていたよりもずっと大きく逞しく、すべてを口の中に収めることはできなかった。

それでも、必死に飲み込み、顔ごと上下する。それを何度も繰り返しているうちに、口内で熱杭がビクビクと震えているのが伝わってきた。

ジュプッ、くちゅっ……と淫靡な音が響く。唇の隙間から零れていくのは杏奈の唾液か雄の雫か、もうわからなかった。

「っ……杏奈、ッ……もう……！」

切羽詰まった声が降ってくるのと同時に、伊吹の手が杏奈を引き剥がそうとする。しかし、杏奈はその手に反抗し、欲望を誘発させるようにちゅうぅっ……と吸い上げた。

「クッ……ぁ、っ――！」

刹那、充溢し切った滾りが大きく膨らみ、先端から飛沫を放出した。

ビクッ、ビクッ……と数回震え、そのたびに精が杏奈の喉奥を叩く。杏奈はそれをどうにか受け止めようとし、瞳に涙を浮かべながらも口を離さなかった。

「杏奈……吐き出せ」

ようやく吐精を終えた彼が、焦った様子で自身を引き抜く。ところが、杏奈は口腔に溜まった体液を飲み干した。

「バカ……」

「伊吹くん……あの、気持ちよかった？」

息を整えながら不安を浮かべる杏奈に、伊吹が眉を下げる。彼はこつんと額をぶつけると、小さく頷いた。

「ああ。気持ちよかったし、杏奈が可愛すぎて我慢できなかった」

「よかった」

「じゃあ、今度は俺が――」

「まだダメ。伊吹くんは抵抗しないで」

「え？」

杏奈は伸ばされた手に指を絡め、にっこりと微笑む。その表情は愛らしさを残しながらも妖艶で、伊吹は意表を突かれたように瞠目した。

深呼吸をした杏奈が彼の身体にまたがり、下肢同士をぴたりとくっつける。再び硬さを取り戻し始めた怒張の上で腰を揺らめかせると、くちゅんっ……と淫靡な水音が響いた。

「んっ……ぁっ」

秘部の中心にある小さな突起が気持ちよくなれるところだと、杏奈はもう知っている。それを教えたのは伊吹で、こうしてこすり合わせることで喜悦を得られることも覚えさせられた。

「っ……。今日の杏奈は、やけに積極的だな。それに、俺のものを舐めながら濡らしてたなんて、すごく興奮する」

蜜情を隠さない声色に、杏奈はうっとりしてしまう。面積の狭いＴバックすら煩わしくて、震える指でショーツを横にずらして腰を前後に動かした。

「ふぁっ……あぁっ……」

彼の視線が、杏奈を射抜くようにして見ている。

杏奈は、自分の行為のいやらしさを突きつけられている気がして羞恥に襲われたが、快楽を得始めた身体はもう止まらなかった。

剛直は早くも再びそそり勃ち、杏奈の蜜芽への刺激をより強くする。硬いものでこすると、秘芯がどんどん膨らんでいくように感じ、それに伴って愉悦も大きくなっていった。

腰を躍らせる杏奈の動きに合わせるがごとく、豊満な乳房がぷるんっと揺れる。

「杏奈がひとりでシてるみたいで、やばいな……。これで触るなって、拷問だ」

悪いけど我慢できない、と聞こえた気がした。次の瞬間には、ブラのホックが外され、剥き出しになった膨らみを揉みしだかれた。

「あぁっ……」

「杏奈はそのまま動いて、自分の気持ちいいところをこすってて」

熱のこもった声で囁かれ、熱いものが耳朶をたどる。耳を舐められていると気づいたときには、双丘の先端を摘まみ上げられた。

まだほとんど触れられていなかったのに、たったそれだけで甘い痺れが走り抜ける。秘所への快感もあいまって、杏奈の腰はますます激しく動き始めた。

「ふっ……あんっ、あぁっ……アッ」

「クッ……」

思わず仰け反れば、摘まれたままの小さな果実が引っ張られる。じんじんとした感覚は熱くて鋭い淫悦となり、杏奈の身体は瞬く間に昇り詰めようとする。

杏奈は反射的に身を引いたが、伊吹がそれを許さないと言わんばかりに丸みを帯びたお尻に手を回し、屹立を押しつけるようにして萌芽をグリッとこすり上げた。

「あぁぁぁっ……！」

背を反らせた杏奈が、抵抗する間もなく法悦の波に呑み込まれてしまう。細い腰はビクビクと跳ね、秘孔からは雫が飛び散った。

杏奈の肢体が弛緩し、彼が受け止める。杏奈は瞼を閉じ、整わない呼吸をどうにか落ち着かせようとしていると、身体をベッドに寝かされた。

程なくしてうっすらと目を開ければ、伊吹が覆い被さってくるところだった。いつの間に準備を整えたのか、反り勃つ昂ぶりには薄膜が装着されている。

「待って、まだ――」

「待たない。俺を煽ったのは杏奈だろ？　ちゃんと最後まで責任取ってくれ」

少し強引にショーツを抜き取られ、身体を翻される。彼は杏奈の腰を持ち上げて脚を広げさせると、すぐに照準を定めるようにして秘唇に先端を押し当てた。

杏奈が止める暇もなく、背後から雄杭が挿ってくる。丸みを帯びた先だけでも甘苦しさを感じ、半分ほどが侵入してきたときにはその質量に息を詰めそうになった。

「んっ……ああっ！」

けれど、伊吹は容赦なく腰を突き立て、楔の根元まで挿入した。

互いの脚の付け根がぴたりと合わさって、体内が圧迫されるような感覚に襲われる。苦しくてたまらないのに、内壁は熱芯に纏わりつくように轟いていた。

「杏奈のナカ、すごく気持ちいい……。全部持っていかれそうだ」

耳元で上ずった声を零され、胸の奥が高鳴る。それに呼応して、柔襞が静かに戦慄いた。

「っ……」

「あっ……伊吹くんの、が……」

ビクンッと震えた滾りが、わずかに大きくなった気がする。もういっぱいいっぱいなのに、みっちりと隘路を埋め尽くす彼の欲望の感覚が鮮明になり、杏奈の唇から吐息が漏れた。

「動くよ」

うなじに唇を落とされた直後、熱刀がずるりと引き抜かれた。

「んんっ」

抜けてしまう寸前でまた押し込まれ、奥を穿つように勢いよく腰を突き出される。ガンッと衝撃が走ったかと思うと、そのまま抽挿が始まった。

襞の一枚一枚を丁寧に解すようにこすり、柔壁を引っかくように捏ねて。トントンとリズミカルな律動で、甘苦しい快感を押し込んでくる。

まったく解されていなかった蜜路は普段以上に狭いのに、やがて雄杭を食い締め始めた。

「あぁっ、あんっ……ああんっ、やぁっ」

「クッ……！　気持ちいいな？　ほら、もっと乱れて」

のしかかってきた伊吹の胸板が背中に当たり、汗に塗れた彼の体温を感じる。それだけで鼓動が高鳴って、子宮までキュンキュンと震えた。

伊吹が苦しげに息を吐き、骨ばった手が結合部に触れる。もう片方の手では細い腰を押さえ、杏奈の逃げ場を奪ってから突起を転がした。

「ああぁっ！」

苛烈な痺れが蜜粒から頭のてっぺんまで突き抜け、鋭い喜悦に包まれる。彼は丁寧に包皮を剥き、脆弱な蜜核を押し潰すようにして捏ね回した。

「やあぁっ……！　ダメッ……イっちゃっ……」

突風のような勢いで、絶頂が迫ってくる。

「俺も、もう……っ」

ところが、伊吹も余裕を失くしているのか、さらに腰をガンガンと突き上げてきた。

内側と外側を同時に、それも弱い場所ばかりを的確に責められて。受け止め切れないほどの愉悦を押し込まれ、杏奈の身体は勝手に高みへと駆け上がっていく。

それから間もなく、全身が総毛立つような感覚に包まれたかと思うと、とどめとばかりに最奥を抉られた。

「ひっ……あぁぁぁっ……！」

同時に、背後にいる彼がクッと息を詰め、最後に一突きしたあとで胴震いする。雄芯が痙攣した直後、膜越しに欲が吐き出された。

折り重なるようにして肌をくっつけるふたりが、乱れた呼吸を整える。先に落ち着いたのは伊吹で、彼は楔を引き抜くと身体を離した。

杏奈は温もりが離れたことに寂しさを感じながらも、まだ肩で息をしている。上手く力が入らない身体を持て余していると、唐突に視界が反転した。

「え……？」

力なく声を漏らした杏奈の瞳に、笑みを浮かべた伊吹が映る。その表情はひどく蠱惑的で、彼がなにを考えているのか一瞬で悟った。

「待っ……」

制止の言葉を呑み込むようなキスが与えられ、舌を撫でられ、優しく吸い上げられる。快感には満たない心地よさに似た感覚に、杏奈は瞳をとろけさせた。

「杏奈、もう一回抱かせて」

甘い囁きが鼓膜をくすぐり、膝裏を掬われて両脚を大きく広げられる。一拍置いて怒張が突き立てられ、蜜洞を抉るように勢いよくねじ込まれた。

「ああんっ！」

白い喉を仰け反らせた杏奈の眦から涙が零れ、腰がビクビクと震えた。

「う、ッ……！　……杏奈、挿れただけでイった？」

「あ、ぁっ……待って、ッ……こわ……」

気持ちよすぎて苦しいと訴えたいのに、上手く言葉が出てこない。

「大丈夫だ。なにも怖くない。杏奈が上手に感じるようになった証だから」

それに対する伊吹の声音は優しく、けれど待つ気がないと言わんばかりに嬉々としていた。

「やっ……やだ……」

「わかったわかった。ほら、最初はゆっくりしような」

瞳を緩めた伊吹が、甘やかすように腰を回す。どこを責められても感じてしまう杏奈は、イヤイヤをするように首を横に振った。

「やばいな……。今夜はいくら抱いても足りないかもしれない」

しかし、彼はそんな恐ろしいことを口にし、うっとりとした目で杏奈を見下ろす。

杏奈は思わず身体が怯み、今すぐに逃げたくなったのに……。

「またすぐに杏奈が欲しくなる」

あけすけなほどの欲望を見せられた瞬間、胸の奥がキュンと戦慄いた。

咄嗟に伸ばした手を伊吹の首に回せば、彼もギュッと抱きしめ返してくれる。それが嬉しくて、もう限界だと思っていたのが嘘のように離れたくなくなった。

「伊吹くん……私に飽きないでね？　ずっと一緒にいてね？」

「飽きないよ。杏奈とならキスもセックスも何度でもしたいし、毎日でも好きって言いたい」

子どものように甘える杏奈に、伊吹が愛おしげに答える。彼は杏奈のこめかみにくちづけると、名残惜しそうにしつつも腕の力を抜いた。

「きっと、俺の方が杏奈に夢中だ」

真っ直ぐに杏奈を見つめる目が、言葉よりも雄弁に愛を語る。

「杏奈は知らないだろうけど、年甲斐もなく杏奈のことばかり考えてるよ」

その瞳が緩められた瞬間、杏奈の心にも抱え切れないほどの愛おしさが溢れた。

ふたりは惹かれ合うようにキスをし、どちらからともなく舌を絡めにいく。唾液を交換するように舐め合うさなか、伊吹が腰を引いた。

「ふぁっ……！」

彼は解けた唇を結び直しながら、昂ぶりを抽挿させる。入口あたりをいたぶり、隘路をこすり上げるようにして奥に進み、あますことなく嬲っていく。

結合部からは愛蜜がとろとろと零れ、ふたりの汗とともに皺の寄ったシーツを汚していた。

「んぁっ、あんっ……アッ、あぁっ、やあぁっ」

グチュッ、グチャッといやらしい水音と杏奈の嬌声が響き、快楽がいっそう膨れ上がった。

伊吹が杏奈の舌を搦め取り、収縮する襞で自身をしごくようにしてさらに愉悦を求める。杏奈にも丹念に喜悦を叩き込み、じっくりゆっくりと追い詰めていく。

激しすぎない律動ながらも、ふたりの身体は確実に頂に向かって駆け上がっていった。

「伊吹くっ……伊吹くんっ！　あっ、あぁっ、もう……」

「ん、いいよ。ッ……俺もイくから……っ」

ハッと息を吐き捨てた彼が、腰をガンガンと突き上げる。反り勃った楔で蜜窟をいたぶり、奥処まで満たし尽くすように容赦なく抉った。

杏奈は子宮がきゅうきゅうとすぼまるのを感じ、白む思考で限界寸前であることに気づく。

「んぁっ、ああっ、ッ……あぁぁぁぁぁっ——！」

伊吹が眉根をグッと寄せながら歯噛みし、蜜源を二、三度強く穿つ。直後にぶるるっ……と胴震いすると、欲望を迸らせた。

その数秒後、腰を大きく仰け反らせて達した杏奈の秘孔から、愛蜜が噴き出した。

「うっ、クッ……」

噛み殺せなかった声が漏れ、痙攣する蜜筒が一滴残らず精を搾り取ろうとする。彼はしばらくの間その感覚を堪能したあとで、名残惜しそうに雄杭をずるりと抜いた。

杏奈が瞼を落とす刹那、伊吹が唇にそっとキスをする。

甘やかなくちづけに幸せを感じた杏奈は、そのままゆっくりと意識を手放した——。

# 四　策士、陥落する　Side Ibuki

興奮と熱が落ち着いた伊吹は、幸福感で満たされながら眠る杏奈を見つめていた。

この二か月ほどは本当に色々あったな……と振り返る。

年明け早々、彼女と楽しい新年を迎えたはずが、本店の大西によってこの春から提供する予定だったレシピが持ち出された。

彼はある日突然、姿を消したため、事情も状況もすぐには把握できなかった。

ただ、料理長から『レシピを盗まれた可能性があります』と報告を受けたときには、嫌な予感と不安でいっぱいになった。

ひなたは三が日は休業としているが、元日に植田と料理長、上層部を招集し、急遽会議を開いた。といっても、その時点でできることはなにもなかった。

最も懸念していたのは、レシピを盗まれているかもしれないことはもちろん、それをネットなどで大々的に広められてしまうこと。不特定多数に知られれば、その価値は一気に落ちる。

そうなれば、数か月かけて完成させたレシピは、もうひなたでは出せない。

植田とともに何日もそういった情報がないかＳＮＳを検索し続けたが、それらしいものは見当たらなかった。

そんな中、花水木のオーナーの松本から麻布店のプレオープンに招待された。

花水木はひなたにとって、ある意味でライバルとも言える料理店である。コンセプトや内装などの系統が似ており、彼がひなたを意識しているのは以前から察していた。

ただ、これまで必要以上に関わることはなく、互いに他社のパーティーや異業種交流会で顔を合わせる程度の関係性だった。

ところが、花水木に行くと大西に出迎えられ、あろうことかひなたで試作を繰り返したレシピとそっくりの料理が提供された。

彼は、そこでは副料理長として働いており、伊吹はすぐに状況を把握した。

その料理を口にした瞬間、見た目からも感じていた嫌な予感は的中してしまった。しかし、それを『盗作だ』と言うには無理がある。

料理のレシピは、とても繊細なものだ。塩ひとつまみ、出汁に使用する食材がほんの一グラム違えば、それはもう別のものとも言えてしまう。

つまり、いくら伊吹が自身の味覚の正確さを自負していても、『これは盗んだレシピだ』などと口にするわけにはいかなかった。

あの料理のレシピをひなたから持ち出したものであることを、誰が知っているのか。レシピを持って転職することが、花水木の副料理長に就く条件だったのか。

まずは植田にそこから調べさせたところ、恐らく松本と大西しか知らないことだろう……という結論にたどり着いた。

顧問弁護士からは、裁判沙汰にするにはデメリットの方が大きいということは指南されており、伊吹自身もその意見には納得できた。

その上で、植田と料理長と何度も話し合いを重ね、上層部とも慎重に対策を練り、パーティーで堂々と料理を振る舞うことを決めたのだ。

スクリーンに流した動画の一部は、今回のために新たに撮ったものもある。つまり、一部に多少の脚色はあったのだが、手段を選んでいる暇はなかった。

ただ、目的は松本と大西から言質を取ることである。彼らに盗作を認めさせることさえできれば、あとはどうにでもなると踏んでいた。

やましいことがある人間は、後ろめたさから保身に走ることで精一杯になるだろう。一か八かの賭けではあったが、こちらはやましさなど微塵もないのだと、堂々と振る舞った。

結果的に、花水木の料理長である平尾が『まったく同じレシピで作ったものです』と話してくれたおかげで、計画は成功した。

平尾が良心もプライドもない料理人だったなら、こうはいかなかっただろう。最初は否定していた松本と大西も、平尾の証言によって最終的には罪を認めた。

そして、当初の予定通り、松本には一両日中に花水木のホームページで事実を公表して謝罪文を掲載することを条件に謝罪を受け入れ、平尾の引き抜きに打って出た。

花水木は、現料理長の平尾の腕で売上が右肩上がりになったと言っても過言ではない。彼をひなたに引き抜ければ、ある意味で賠償金を請求するよりも大きな損害を負わせられる。

幸いにも、平尾は伊吹の誘いを受け入れ、『今回の件は私の責任でもありますので誠心誠意ひなたに尽くします』と頭を下げた。

伊吹にしてみれば、平尾に非があるとは思っていなかった。けれど、責任感が強いらしい彼にとっては、厨房で起こったことの責任は料理長である自身が負うべきだと考えたようだ。

かくして、一件落着を迎えたのである。

その後、この部屋に来たときは疲労感と安堵感でいっぱいで、すぐにでもベッドに横になりたかった。

『今日は私がしたい。やり方、教えてくれる……?』

それが一転。まさか杏奈が大胆な行動に出るなんて思わず、疲労感どころかパーティーの記憶も噴っ飛びそうなほどの状況になった。

最初は幻聴かと思い、都合のいい夢ではないかと疑ったほど。けれど、紛れもない現実だとわかったとき、恥じらいを浮かべながら自身を見つめる彼女を前にして一瞬で身体が昂った。

杏奈は慣れない様子で伊吹の服を脱がせ、たどたどしい手つきでぎこちない愛撫を懸命に施して。

そして、挙げ句に欲望を口に含み、今までの彼女からは想像できないほど淫らに伊吹を責めた。

そして、杏奈が精を飲み干し、自ら下肢同士をこすり合わせ始めたときには、目の前の光景に眩暈を覚えて興奮と劣情でどうにかなりそうだった。

このまま死ぬんじゃないか……なんて、まったくガラにもないことを考えたくらいである。

幼なじみで妹のような存在だった杏奈を汚しているような、背徳感。

初々しさを残しながらも快感を貪る、彼女のいやらしい姿。

筆舌に尽くしがたいような淫靡な行為は伊吹の心身を高揚させ、いっそ杏奈を壊してしまいたい衝動に駆られてしまった。

こうして思い出しているだけで、ようやく熱が冷めた身体がまた熱くなっていく。

（やばいな……。最初は杏奈を堕として俺に夢中にさせるつもりだったのに、俺の方がますます翻弄されてるなんて……）

杏奈は、伊吹の過去の恋愛や元カノの存在に嫉妬し、菜穂子には劣等感を抱いたようだが、伊吹にしてみればそんなものは無意味である。

もちろん、嫉妬してくれたこと自体は嬉しかった。

しかし、これまでに嫉妬した回数なら、杏奈よりも伊吹の方がずっと上回っている。それに、これからだって彼女の一挙手一投足に自分の方がやきもきさせられるに違いないのだ。

杏奈がようやく嫉妬心を覚えてくれたとはいえ、まだまだ足りないくらいである。

しかも、今夜の彼女の言動によって、心も身体もますます捕らわれたのは伊吹の方だ。

（まったく……。俺の気も知らないで、可愛いことばかりしてくれる）

杏奈を囲い込むはずだったのに、そんな彼女にさらに惚れ込んでしまった。

今までもこれからも、それは変わらないのだろう。きっと、いつだって自分の想いの方が大きいのだ。

「でも、いいよ。杏奈になら、一生振り回されても構わない」

そう思い知らされた伊吹は、苦笑しながらも杏奈の耳元で囁き、彼女の唇にキスをした。

＊　＊　＊

東京では桜が五分咲きになった、三月下旬。

ひなたの四号店となる京都店が祇園《ぎおん》の一角に無事にオープンし、伊吹はその数日後に杏奈を連れて京都を訪れた。

スーツ姿の伊吹の隣で、杏奈は「大人のデートって感じだね」と嬉しそうにしていた。そんな彼女も、今日はフォーマルなワンピースを着ている。

ふたりして観光向けの格好ではなかったため、できるだけタクシーで移動した。

ランチは、湯葉で有名な料亭へ。

それから、平安神宮《へいあんじんぐう》や八坂神社《やさかじんじゃ》、清水寺《きよみずでら》を回り、桜に彩られた春の古都を満喫した。シーズン中の京都には人が溢れていたが、彼女とならそれもまた思い出のひとつだと感じられる。

こんな気持ちにしてくれるのは、きっと世界中で杏奈しかいない。伊吹は、隣で笑顔を弾けさせる彼女を見て、密かにそんなことを思っていた。

「本当にいいの？」

「ああ。そのために、杏奈と京都に来たんだ」

おずおずと自分を見上げてくる杏奈に、伊吹が大きく頷いて微笑む。しかし、彼女は気後れしているような表情のままだった。

ふたりは観光を終え、ひなたの京都店に着いたところである。

「まさか京都でもひなたに連れてきてもらえるなんて思わなかったよ。伊吹くんと旅行ができただけでも充分なのに……」

「旅行がしたかったのは俺も同じだけど、それとは別に杏奈にここを見てほしかったんだ」

「すごく嬉しい。ありがとう」

「喜んでくれてよかった」

京都店はすべて個室で、中でもＶＩＰルームは十二畳ほどになる。

和室の障子を開けると日本庭園をイメージして造らせた庭が臨め、ＶＩＰルームのみ庭に出ることもできる。

そこには小さな池もあり、二匹の鯉が泳いでいる。今の時期は、ちょうど桜が見頃だった。

「すごい。桜の木もあるんだね」

「ああ。まだそう大きくないが、この木が立派に育つ頃にはひなたをもっとたくさんの人に知ってもらえる店にしたいんだ」

「素敵な目標だね。伊吹くんなら、きっとできるよ」

京都店の料理長は、平尾に決まった。上層部の一部からは反対意見も出たが、伊吹は彼の腕を見込み、反対派をひとりずつ説得して回った。

平尾は、最初こそ『あんな事情でやってきた自分が大切な関西初進出の京都店を預かるわけにはいかない』と拒絶していたものの、伊吹の熱意に首を縦に振ったのだ。

ひなたではどの店舗でも同じメニューが提供されるが、京都店では最高級のコースのみ京都の食材がふんだんに使われた料理が並ぶ。杏奈に今夜振る舞うのは、それだと決めていた。

先付けは、舞鶴《まいづる》の漁港で獲れた季節の魚を炙り焼きにし、蒸した聖護院《しょうごいん》大根や京野菜を添えたもの。

煮物椀は、カツオと煮干しで取った出汁に、鱧《はも》の磯部揚げ、白子や卵豆腐を入れたもの。アクセントは、柚子と黒七味である。

造りは旬の魚介類を、泡醤油や梅肉、抹茶塩で食す。

八寸には、旬の野菜や魚介類、鱧や湯葉などを使用した彩り豊かな料理が並び、パーティーで披露した料理を基盤にしたものもある。

強肴は、和牛サーロインの鍋。白ねぎやきのこ類とともに昆布とカツオの出汁にくぐらせ、わさびを添えるようになっている。

ご飯ものは、押し寿司か茶漬けから選べ、香の物は季節の京野菜を三種類ほど。

これらの料理に合わせる酒は、伏見《ふしみ》の有名な酒蔵で買い付けたものである。酒蔵を探し、そして見つけたあとにも仕入れの交渉のため、京都に何度も足を運んだ。

止椀《とめわん》の赤だしのあとには、宇治《うじ》の抹茶とほうじ茶をふんだんに使ったパンナコッタとアイスクリームに、季節のフルーツが彩りを添えていた。

「どれもおいしかったね。これ、伊吹くんも試作に携わったんだよね？」

「ああ。まあ、俺は食べただけなんだけどな。実際に作るのは料理長を始めとした調理スタッフたちだし、俺は口うるさく感想を言っただけだ」

「そんなことないでしょ？　伊吹くんは周囲にすごく気を使う人だから、きっと感想を言うのだって気を張ってるんじゃない？　厳しいことを言わなきゃいけない立場だから忌憚《きたん》のない意見も出すだろうけど、そこにはちゃんと愛があると思う」

杏奈が自信たっぷりの笑顔を見せ、得意げに続ける。

「そうじゃなきゃ、ひなたを再建してこんなに立派なお店にできるはずなんてないもん。最初は銀座店だけだったのに、今や関西にまで出店できたんだよ？　伊吹くんは頑張ってるところを見せないけど、誰にも負けないくらい努力してきた人だって知ってるよ」

屈託なく笑う彼女への想いが、とめどなく溢れ出してくる。

「ありがとう」

今はただ、そう言うだけで精一杯だったが、杏奈は嬉しそうに微笑んでいた。

「これからも応援してるね。でも、ちゃんと弱音も吐いてね？　そうじゃないと、私が寂しくなるから」

彼女はおどけたような言い方をしたが、きっと伊吹が寄りかかれるようにしようとしてくれているのだろう。そのことに気づくと、一刻も早く大事なことを伝えたくなった。

「杏奈、ホテルに戻る前にもう少しだけ付き合ってくれる？」

「うん、もちろん。でも、こんな時間からどこに行くの？」

「それは着いてからのお楽しみだ」

伊吹が意味深な笑みを浮かべ、杏奈を促す。

ふたりは平尾やスタッフたちに挨拶をしたあと、タクシーで京都駅方面へと向かった。

京都駅の目の前にある京都タワーの前でタクシーを降り、入口に立っていたスタッフに名前を告げてタワー内に入った。

すでに営業時間を終えた館内には、他の客の姿はない。

「あれ？　他のお客さんは？」

不思議そうにする杏奈が、目の前の光景と伊吹を交互に見る。

「今日は貸切にしてあるんだ」

「えっ？　……えっ、どういうこと？」

興奮しているのか、彼女は似たような言葉を繰り返した。しかし、伊吹は「それはまたあとで話すよ」と微笑むだけにとどめた。

スタッフに案内されて杏奈とともにエレベーターで地上一〇〇メートルの展望室に上がると、目の前には古都の美しい夜景が広がっていた。

「わあっ……！　すごく綺麗だね！」

「ああ。おいで」

伊吹はクスクスと笑いながらも、彼女の手を引いて歩き出す。

展望室は三六〇度回れるようになっており、どこからでも京都の景色が望める。天気によっては大阪まで見え、季節ごとにそれぞれの景観が楽しめる。

「ねぇ、伊吹くん。本当に他のお客さんはいないの？」

少し歩いたところで、杏奈が不思議そうな顔のまま伊吹を見上げた。

「いないよ。今夜は貸切にしてある、って言っただろ」

「それはさっきも聞いたけど……でも、どうして？」

不思議そうにしている彼女が、まだどこか半信半疑の様子で周囲を見回す。

エレベーターを降りたところにはスタッフがいたが、今はその男性もこの場にはいないようだった。

「今夜は特別な思い出にしたかったから」

そんな話をしているうちに、ちょうど半周あたりが近づいてくる。少し先には、ガラステーブルが置かれていた。

「嘘……」

そこに載せられているのは、大きなバラの花束。一〇八本の深紅のバラは、まるで出番を待っていたかのようにキャンドルに照らされている。

そこにたどり着くと、伊吹が花束を手に取った。

「杏奈」

伊吹が優しい声音で呼べば、杏奈が感極まったように両手で口元を押さえた。

「幼い頃からずっと幼なじみとして育ってきたけど、俺にとってはもう世界でたったひとりしかいない大事な女性なんだ」

言葉に詰まった様子の彼女が、それでも伊吹を真っ直ぐ見つめ返す。

「愛してるなんて言葉じゃ足りないくらい愛おしくて、これからも杏奈の傍にいたいし、杏奈にも俺の傍にいてほしい」

抱え切れない想いを伝える伊吹に、杏奈が瞳に涙を浮かべる。

「だから、俺と結婚してください」

そう伝えた刹那、彼女の眦から雫が零れ落ちた。

「っ……」

震える指先も、涙で濡れる頬も、感動に満ちた瞳も、伊吹はただただ愛おしく思う。

「はい……。私を、伊吹くんのお嫁さんにしてください……っ」

杏奈は涙交じりに答えると、バラの花束を受け取った。

伊吹は、トレンチコートから小さな箱を出し、それを開ける。中に入っていたのは、大きなダイヤモンドが輝く指輪である。

両手で花束を抱える彼女の左手を取り、薬指にそっとはめた。

「綺麗……」

右手で花束を抱え、左手を天にかざすようにした杏奈が、幸せそうに瞳を緩める。夜景を背にして微笑む彼女は、世界で一番美しく見えた。

「伊吹くん」

杏奈が伊吹を見上げ、わずかにためらうような笑みを零す。

「私が今の仕事を続ける限りは、これまでみたいになかなか会えないこともあると思う。でも、私は仕事が好きだし、ときには落ち込んだり悩んだりするだろうけど、伊吹くんに負けないように夢や目標を追い続けたい。だからね、一緒にいられるときはたくさん甘えさせてほしいし、伊吹くんにも甘えてほしい」

「当たり前だろ。いつだって甘えていい。それに、俺は仕事が好きで努力してる杏奈も愛してるんだ。杏奈の目標のためならいつだって助けるし、一生傍で支え続けるよ」

伊吹が誓うように言葉を紡ぎ、杏奈の手を取る。

「ありがとう」

彼女もその手を握り返し、視線を絡ませるように伊吹を真っ直ぐ見つめた。

「でも、いつかは伊吹くんとの子どもが欲しいから、そのためにもできるだけ早くキャリアを積むね！」

思いもよらなかった言葉に、伊吹の鼓動が跳ね上がる。

伊吹だって、もちろん杏奈と同じ気持ちでいる。しかし、今この場で屈託のない笑顔で言われるなんて思ってもみなかったため、意表を突かれてしまった。

(やっぱり杏奈に翻弄されてばかりだ)

余裕ぶってかっこつけても、一瞬で心を捕らわれてしまう。

彼女とは、きっとこの先もこうして生きていくのだろう……と、伊吹は思った。

「それから、私も伊吹くんを支えられる素敵な女性になれるように頑張るから、これからはもっと頼って。それで、おじいちゃんとおばあちゃんになっても一緒にいてね」

遥か未来の話に、幸せが溢れ出す。

伊吹は大きく頷き、自然と破顔していた。

「俺は一生、杏奈と離れる気なんてないよ」

ふたりは微笑み合い、どちらからともなく唇を重ねた——。

# エピローグ

早くも初夏を感じさせる気候が続く、四月下旬。

杏奈と伊吹は実家に帰省し、日向家で行われた食事会で以前から付き合っていたことと結婚の報告をした。

両親たちは大喜びで、まさに浴びるほどの勢いでアルコールを飲んでいる。まだ日が高いというのにどんどん空になっていく酒ビンや缶を見て、杏奈は心配になったほどだった。

「いやぁ、伊吹くん、本当にありがとう！　長年の夢が叶ったよ！」

なぜか泣き出した杏奈の父が、伊吹の肩をバシバシと叩く。杏奈が父を止めようとすると、伊吹がそれを制するように微笑んだ。

「実は、去年うちでBBQをしたときには、すでにもう杏奈を口説いてたんだよ。でも、なかなか振り向いてくれなくて、恋人になってもらうまでに随分と苦労したんだ」

「なに!?　さすがは俺の娘だ！　こんなにいい男を振り回すなんてなかなかやるじゃないか！」

ワハハッと大声で笑う杏奈の父に、杏奈が唇を尖らせる。

「あのときは、『ふたりのレベルが高すぎて杏奈じゃダメか～』って言ってたくせに」

ぼそっと呟いた声は、伊吹にしか聞こえなかったようだ。彼はおかしそうに笑い、再び両親たちの酒の相手をした。

その光景を見ていた杏奈は、みんなの笑顔につられるように笑った。


食事会という名目の飲み会は、夕方になっても終わらなかった。

このためにわざわざ帰省してくれていた吹雪は、明日も仕事があるからととんぼ返りをすることになっており、杏奈は伊吹とともに最寄り駅まで見送ることにした。

改札の前で別れを告げようとしたとき、一拍早く吹雪が口を開く。

「ふたりともおめでとう」

「え？」

「さっき、ちゃんと言ってなかったから」

声を揃えた杏奈と伊吹に、吹雪が明るく笑う。すっきりしている表情なのに、なぜか杏奈の胸の奥が小さく痛んだ。

「ああ、そうだ。兄貴、杏奈のこと泣かせるなよ？　泣かせるんだったら、今度は俺が奪うかもしれないからな」

「お前に渡すわけないだろ」

内容はさておき、伊吹も吹雪もただの軽口のように言い合って笑っている。杏奈は、申し訳ないような気持ちを抱えつつも、どうにか笑みを繕った。

「そんな顔するな。ただの冗談だし、兄貴が杏奈を手放すわけがないんだから」

「吹雪くん……」

「あと、俺がいつまでも引きずってるなんて思うなよ？　そのうち杏奈よりいい女を義妹として紹介するから、楽しみにしてろ。あ、そのときに後悔しても遅いぞ？」

似合わない冗談を言う吹雪に、杏奈は感謝の気持ちでいっぱいになる。

これからはまた違う形で彼との関係を大事にしようと、心の中で密かに誓った。

そのまま吹雪とは別れ、伊吹と馴染みのある道を歩いて帰路に就く。

日が暮れ始めた街はオレンジ色に染まり、ふと子どもの頃のことを思い出した。

「この道、懐かしいね。昔もよく一緒に歩いたよね」

伊吹と手を繋いでいる杏奈は、彼を見上げて微笑んだ。

「ああ、そうだな」

小中学校の通学路、スーパーや公園、最寄り駅。学校に行くときも遊ぶときも使っていた道には、ふたりでの思い出もたくさんある。

周囲の景色は、あの頃とは少しばかり変わったところもある。しかし、思い出すのは笑顔で過ごした楽しかった時間ばかりだった。

転んで泣いていた杏奈を伊吹が優しく慰めてくれたことも、家までおんぶして帰ってくれたことも、きっと一生忘れないだろう。

もしいつか子どもができたら、この大切な思い出話をしたい。

「いつか……」

そんなことを考えていると、彼がぽつりと零した。

「え？」

「いつか子どもが生まれたら、三人で手を繋いでこんな風に歩こうな」

杏奈は、自分と同じようにずっと先のことを考えていた伊吹の言葉で柔らかな笑みを零す。

「うん。そうだね」

「杏奈と俺の子どもなら、きっと世界一可愛いだろうな」

自信に満ちた明るい笑みを向けられて、思わずクスッと笑ってしまう。

少し先か、それとも数年先か。彼の言うような未来に思いを馳せれば、幸福感に包まれた。

幼い頃に伊吹と手を繋いで歩いた道を大人になってからもこうして同じように歩くことになるなんて、あの頃は想像もしていなかった。

けれど、今は彼のいない未来の方が考えられない。

杏奈は右手を包む伊吹の体温に胸が高鳴るのを感じ、この先の未来もずっと彼と歩いていきたいと改めて思った——。

END

# あとがき

このたびは、『執着系策士の不埒な溺愛にされるがまま』をお手に取ってくださり、本当にありがとうございます。桜月《さくらづき》海羽《みう》です。

ルネッタブックス様では「はじめまして」ということで、少し緊張しています。ですが、ご縁をいただけることになったときはとても嬉しかったです。


この作品では、幼なじみのふたりの恋模様を描いてみました。

執着系策士の伊吹と、ちょっと鈍感で恋愛音痴な杏奈。

伊吹からの告白は、杏奈にとっては青天の霹靂でしたが、伊吹にとっては長い道のりだったと思うので、伊吹の涙ぐましい（？）努力が実を結んだときは私も嬉しくなりました。

杏奈の前では完璧を装っている、伊吹。

でも実は、裏では色々と努力していて、ひとりで悩んだり吹雪を牽制したり、ときに杏奈に振り回されたりと、杏奈が知らないところでは必死でした。

私は、伊吹のそんなところもお気に入りで、書いていて楽しかったです。

杏奈は鈍感ではあるものの、仕事を頑張っている明るく前向きな性格が好きです。恋愛事は本当にダメなので、ちょっとしたことで不安になったりもやもやしたりしてしまいますが、そういう〝普通の女の子〟であるところも愛おしかったです。

吹雪は切ない立ち位置になってしまいましたが、この作品では失恋した彼もきっといつか素敵な恋をするんじゃないかと思っています。


今回、素敵なご縁をくださった担当様、ルネッタブックス編集部様、本当にありがとうございました。いつかお仕事をさせていただきたいと思っていたので、今も感激しています。

また、カバーイラストをご担当くださった、うすくち先生。色っぽくかっこいい伊吹と、そんな彼に翻弄される杏奈の表情が私の想像以上にふたりらしくて、ラフ画を拝見したときから感動していました。素敵なイラストを描いていただき、心よりお礼申し上げます。

そして最後になりましたが、いつも応援してくださっている皆様と今これを読んでくださっているあなたに、精一杯の感謝を込めて。本当にありがとうございました。

またどこかでお会いできますよう、今後とも精進してまいります。

桜月海羽

ルネッタブックス

# 執着系策士の不埒な溺愛にされるがまま

2024年5月25日　第1刷発行　定価はカバーに表示してあります。

著　者　**桜月海羽**　©MIU SAKURAZUKI 2024
発行人　鈴木幸辰
発行所　株式会社ハーパーコリンズ・ジャパン
東京都千代田区大手町 1-5-1
04-2951-2000（注文）
0570-008091（読者サービス係）

印刷・製本　中央精版印刷株式会社


ISBN978-4-596-63522-8